文学·影像·空间

当代文艺风景管窥

杜英 著

社会科学文献出版社
SOCIAL SCIENCES ACADEMIC PRESS (CHINA)

目 录

导　言 …………………………………………………………… 001

第一章　人民文学的典范：赵树理的文艺实践与理想 ………… 006
　　一　小说形式的绵密性：人事、场景与时间 ……………… 007
　　二　小说图景的整体性：阶层、性别与权力 ……………… 014
　　三　"新启蒙运动"：以民间本土为正统 ………………… 020

第二章　风景诗学的重构：沈从文的抽象抒情与困境 ………… 028
　　一　"复笔"的困境：风景与抒情 ………………………… 029
　　二　审美的困境：风景与美学 ……………………………… 041
　　三　"抽象的抒情"：有情与事功 ………………………… 048

第三章　反特影片的肇始：《腐蚀》的改编与意义 …………… 054
　　一　"她"之命名：身份转变 ……………………………… 056
　　二　"她"之生死：救赎情结 ……………………………… 077
　　三　性别叙述：表征与编码 ………………………………… 085

第四章　左翼文艺的承继：《二月》的改编与接受 …………… 095
　　一　从浪漫"孤雁"到革命青年 …………………………… 096
　　二　从批判公映到观众热捧 ………………………………… 107
　　三　文艺观念的构建与问题 ………………………………… 112

001

第五章　外国文艺的取舍：经典的译介与传播 …………… 118
　　一　重估现代主义文学：好懂与难懂 …………………… 118
　　二　文艺教育与报刊出版：翻译与衍生 ………………… 125
　　三　余音未绝：表演与重生 ……………………………… 134

余　论 …………………………………………………………… 143

参考文献 ………………………………………………………… 158

索　引 …………………………………………………………… 171

后　记 …………………………………………………………… 172

导　言

　　1962年5月9日巴金在上海市文学艺术工作者第二次代表大会上发言，题为《谈作家的勇气和责任心》。据上海档案馆所存发言稿，发言引入了一个故事：有一外国朋友到中国做客，访问了几个大城市。每一个城市的热情招待都令他十分感动，但他好奇的是为何在不同的宴会、不同的主人那里，听到的是几乎相同的谈话。巴金追问："为什么大家都习惯于使用那些'众所周知'的同样的词汇，不肯多动脑筋，想出别人未用过的适当的字句，创造不同的形象，从不同的角度和不同的感受来解释，来阐明一个真理，同一个思想，同一个原则，来描绘、来反映、来歌颂同一个伟大的时代呢？"他还批评道，当司汤达和罗曼·罗兰的小说被骂得一文不值时，我们的西洋文学专家好像忘记了自己的责任。"棍子绝不会自己消灭，我们也无法要求那些用棍子推销框框的人高抬贵手。检讨和沉默和软弱都解决不了问题。做一个作家必须有充分的勇气和责任心。"[①] 该文同年在《上海文学》上发表，内容有所删节，弱化了批判锋芒。[②]

　　上述巴金的批评触及了"十七年"时期文艺场域构建的诸多面向，即外国文艺资源的取舍与本土文艺产品的生产，创作者的责任心与批判者的紧箍咒，对文学形式多样性的期待与内容同一性的要求等。事实上，两组要素往往构成了相互作用、交错共生的关系。本书由文学作品与电影个案切入，尝试讨论20世纪五六十年代社会主义文艺场域构型的流动性与文艺

[①] 巴金：《谈作家的勇气和责任心（在上海市文学艺术工作者第二次代表大会上的发言）》，1962年，上档（上海档案馆）A22-2-1086-3~15。

[②] 巴金：《作家的勇气和责任心——在上海市文学艺术工作者第二次代表大会上的发言》，《上海文学》1962年5月5日，第32期，第3~6页。

生态结构的混杂性。1950年代、1960年代中国文化构成复杂，自成一体。本书仅选取个别话题切入，管窥其时文艺风景；时间上集中于1949年新中国成立至1960年代前期，但在讨论具体论题时，会根据论题自身脉络有所上溯与下延。拙作取名"管窥"，实乃挂一漏万、坐井观天；探寻"风景"，冀望看出文艺形态参差对照之处，而非进行单一区域文化系统专深之讨论。后者文学史家，著述多矣。由于种种原因，本书未能收入关于文人的空间流转与文学的跨界再生这一话题的系列研究。以下谨供有兴趣者批评指正。

第一章以赵树理的小说创作为线索，管窥中国小说现代化历程中由欧化向民族化、通俗化突围的努力与困境。20世纪四五十年代，赵树理曾被用来指称其所置身的文艺时代和文艺方向——"人民文学"。一方面，赵树理小说的结构和组织体现了绵密性的形式特征。小说叙述单元的划分多以人事为标界，以场面为次级单位。故事发生的时间与写作的时间构成同步关系。这种时间性成为统括1940年至1960年代赵树理小说人物及其生活之上的抽象存在。赵树理试图编织一个与现实齐头并进的文学世界。另一方面，赵树理对于乡村社会图景的把握是呈现其常情、常理、常态的一面，发现政治变动如何融入乡村社会的日常运转、村民的信仰重塑之中。他的作品为新的社会生活变迁如何在1949年后大陆文学中得到平实的表达提供了想象空间。但赵树理小说世界的整一性遭遇了内在分裂的挑战，这种挑战来自"整体"本身的暴力性和"整体"叙述对于"个体"叙述的淹没。本章认为，如果说赵树理以喜剧笔调讲述村民围观三仙姑、小飞蛾的性别暴力场景，意味着叙述者对于乡村文化蒙昧一面的默许。那么，这种默许也是被男性中心社会所固有的性别规范与政治话语中新旧价值的绝对区隔所"合法化"。社会性别价值规范对于女性的操控根深蒂固，文学世界中的性别话语易于为政治话语理论所附着利用。而村民"公审"地主李如珍后的暴力场面，缺乏了性别等级的维度，赵树理仅能依据阶级话语来结构叙述。草草收场的场面描写，暗示了阶级话语理论对于现实暴力的附着力与阐释力的限度，以及赵树理在此向度上的思维界阈。

第二章以沈从文1949年后的文艺理想和政治理想为线索，钩沉、梳理

导 言

其与主流话语之间千回百转的关系，管窥非左翼作家如何处身于新世代之转型。首先，本章从沈从文作品魅力构成的两大因素——风景画式的笔法和"抽象的抒情"入手，试图探索其旧有笔法与1949年后流行写法及典范想象之间通约处和不可通约处的症结所在。本章将这种笔法置于中国现代文学关于"风景"的文艺观念的发展流变与1950年代关于自然美的美学观念的重建背景下，发掘沈从文所谓的"旧笔法"何以为"旧"，以及置于何种语境中为"旧"。将美学家的理念探索与文学家的文艺实践相对照，试图发掘1950年代流行的审美特质及其由来。它包括作家再现自然的角度方式与对自然美之所在的理解模式。其次，应将沈从文对于主流文艺话语的认同言论置于他自己的思想脉络和时代语境中，从正反两个面向来考量其历史内涵。本章认为，沈从文对于新世代文艺的接受与其说是现实认同，不如说是理念认同。沈从文的文艺理想是文艺作为知识高于权力；文艺具有独创性、多元性、超越性。他还将抒情推广至政治领域，勾勒出以专家体制代替官僚体制，艺术家与专家充当国家领导者的政治理想。

第三章将以"反特片"为线索，管窥冷战文化在内地的缘起、构型及其问题。本章以茅盾的《腐蚀》为分析个案，追踪其从小说发表（1941）到电影改编（剧本、电影，1950）再到小说再版（1954）的文本流变，对"反特片"的起源作知识考古学式的钩沉。本章探讨了"反特片"如何因应新中国的政治文化诉求与国际冷战的意识形态对峙而兴起；如何将大陆—台湾—美国的政治角逐从现实搬上银幕，上演了一场场"抓特务"的小型战争；意识形态诉求与大众娱乐媒介、政治教化与惊悚悬疑及感官刺激等，如何彼此挪用又相互牵制。一方面，电影《腐蚀》改编中的新增元素恰恰反映了1949年后内地政治文化形构的核心要素，比如，反美主义、革命的性别政治、救赎情结等。虽然这部电影最终被停映，但上述文化政治形塑了日后"反特片"的修辞套路。另一方面，本章还从《腐蚀》的改编与接受过程中梳理出文化践行者（作家、电影制片人和评论家等）与管理当局（文化部门及其审查者等）以及受众间的错综关系，揭示1950年代初政治话语、法律话语谱系如何渗透大众文化的生产，部分文化工作者的主动响应如何推动了政治领域与文化领域的整合。

第四章以《二月》的改编与接受为线索,讨论1960年代前期社会主义文艺的意识形态建构与左翼文化遗产的承继问题。本章分析从左翼小说《二月》(1929)到电影剧本《二月》(1962),再到电影《早春二月》(1963)的文本流变与改编策略,勾勒出1964年电影公映批判与上海观众热捧并存的复杂接受状况,进而讨论了社会主义文艺的资源配置与取舍承继问题。一方面,小说《二月》中浪漫感伤的情调和芜杂粗糙的叙述在电影《早春二月》中被革命、通俗、抒情等多种元素所改写。尽管电影极力抹去小说中萧涧秋的"孤雁"气质,增加其投身时代热潮的情节,但依然难掩其心头多情的文人气度和心怀苍生的道德关怀。这种残留的浪漫特质、通俗化的爱情剧情,以及唯美精致的艺术手法,恰恰吸引了当时众多的青年观众。另一方面,及至1960年代中期,个体的道德情怀与感伤气质渐为高度激情化的情感共同体与集体政治行动所排斥。在冷战文化的历史语境下,影片中的怜贫惜苦与个性反抗,被批判为资产阶级个人主义与人道主义的体现和突出19世纪俄国文学影响的结果。但以"破"西方文艺之迷思来"立"新中国文艺之权威,在1960年代并未得到整齐划一的回应。1960年部分文艺工作者反对全盘否定人道主义和批判19世纪资产阶级文学;1960年前后,青年学生中亦出现了推崇十八、十九世纪西洋文学的现象。

第五章以1960年上海"批判十八、十九世纪文艺作品"的活动为中心,在社会主义文学框架内讨论本土对于外国文艺作品的接受问题。该章从高校文艺教育与广新闻出版两个层面进行梳理。一方面,通过批判资料,钩沉其时管理部门及其主导话语体系如何甄别外国文艺作品,如何清查外国文艺的教育者、翻译者、出版者队伍,如何规约外国文艺作品的阐释模式。并由此反观其时文艺主导话语体系的概念构成与运作机制。另一方面,外国经典作品译本及其附加文本或衍生品(前言后记、文艺评论、原著改编、表演艺术、文艺教育等)制造了另一种灵活多样的文化资源。人们通过消费、模仿甚至再造它们,使其在本土获得新生,进而影响了社会主义文化结构的塑形。这些外国文艺资源既是被管治、被召唤、被吸纳的对象,也是干扰主导话语的认知路径与本土作品的写作范式的主体。那

导　言

些投射在它们身上的种种文化政治，彼此竞争又互相依赖，充满张力又交错共生。本章认为，外国文艺作品译本及其衍生品可以视为社会主义文化范畴内的一种延伸，是构成差异、反抗既有文艺范式僵化与批评模式乏味的一种资源。这一讨论有助于理解跨文化流通的可能及其限度，揭示当时社会主义文艺生态结构的含混性与文艺场域构型的流动性。

　　本书一方面历史化地透视种种文艺力量在文艺场域建构过程中的深度参与及其长久影响；另一方面，也将社会主义文艺身份的建构置于更为广阔的世界格局下进行理解与反思。那些难以捕捉的、有待达成的理想文艺形态，那些抽象矛盾的、变幻莫测的话语运作机制，或可由此渐次浮出水面。那些投射于中外文艺传统上的不同文化意识，在场域中心的吸纳力与边缘的离心力，归化他者的壮志与建构差异的冲动之间彼此较量、缠绕、共生。或许我们需要通过文学来感受自我的存在，想象主体的意义。或许文学本身所散发的魅力与潜藏的能量，诱人前行！

第一章　人民文学的典范：赵树理的文艺实践与理想

1949年后，赵树理属于"进城"作家。但他与"北京城"的关系较为疏离，并未融入那座城市。这涉及1949年后文化机构和文人间的人事纠纷，也涉及通俗文艺与新文学的观念分歧。而这种分歧不仅存在于外部的文艺之争中，也隐伏在赵树理自身的创作之中。赵树理的作品大多缺乏细密的肖像描写、内心独白、风景刻画和爱情纠葛。而这些往往被视为现代小说构成的重要元素。他的小说没有心理叙述，却有心理描写；没有抒情化的风景叙述，却有自然风景的白描；没有花前月下式的爱情缠绵，却又多以谈婚论嫁作为题材。最为关键的是，他的小说并不因为缺乏前者而魅力有损，却因此而获得另类个性。

关于赵树理的研究，成果多矣。第一类是西方学者与汉学家倾向于在中西文学和意识形态的差异视野下评价赵树理，如夏志清、贝尔登等。他们多以西洋文学观念衡量赵树理作品写法上的非"现代性"与内容上的政治倾向性。[1] 第二类是立足于新文学传统，将其意义定位为克服了新文学长期致力却未能解决的"文艺大众化"的难题。赵树理的创作被1940年代解放区的文化部门树立为新的文艺典范——"赵树理方向"。[2] 而赵树理亦被用以命名他所置身的文学时代，如1949年后的"人民文学"被称为

---

[1] 〔美国〕杰克·贝尔登著《中国震撼世界》（节选）和夏志清《第二阶段的共产小说》（节选），分别见《赵树理研究文集》（下），中国文联出版公司，1996，第1~13、23~25页。

[2] 陈荒煤：《向赵树理方向迈进》，《人民日报》1947年8月10日，第2版。

第一章　人民文学的典范：赵树理的文艺实践与理想

"赵树理的文学"。① 无论是"赵树理方向"，还是"赵树理时代"，类似的命名其实都可视为对赵树理及其创作的"制度化"过程。一方面，是探寻政治因素如何形塑赵树理的创作及其传播；另一方面，是在形式上发掘赵树理的创作如何拥有"文艺大众化"的示范性。其结果是，直到20世纪八九十年代，研究者对赵树理作品的重估仍局限于文学大众化与五四新文学传统孰高孰低的争辩中。② 第三类是在东亚近代化的思路下发现赵树理的文学意义。日本学者竹内好认为，"现代文学"与"人民文学"之间有一种媒介关系。"在赵树理的文学中，既包含了现代文学，同时又超越了现代文学。"③ 赵树理的创作代表着"人民文学"，却又跳出了大多数"人民文学"公式化、概念化的叙述模式。在此意义上，赵树理的创作不仅挑战了中国现代文学以西洋为正格所建构起来的认知机制，也在一定程度上克服了"人民文学"本身的美学困境。

竹内好将赵树理的文学意义定位为"现代文学"向"人民文学"的过渡，但未具体说明其"新颖性"的含义。本章要追问的是，赵树理的创作如何能够在20世纪四五十年代被想象为新的文艺形态的典范，并被用以命名和描述一个时代的文艺？笔者以为，赵树理的作品既是时代美学的典范，又是时代美学的产物。本章将1940年代以来赵树理的小说创作与当时的文艺形态、社会生活进行互文性解读，试图重新发现其创作如何支持了时代文艺的整体想象，又如何被这种整体想象遮蔽了自身的复杂性。

一　小说形式的绵密性：人事、场景与时间

如果说绵密性是一种形式特征，那么赵树理小说的结构和组织在此方面有深刻的表现。他的小说以人事为中心，不追求个体成长过程的揭示而

---

① 〔日〕竹内好：《新颖的赵树理文学》，《赵树理研究文集》（下），第75页。
② 郑波光著《接受美学与"赵树理方向"——赵树理艺术迁就的悲剧》和黄忠顺著《赵树理四十年代创作的先锋性》，分别见《赵树理研究文集》（上），第231、233、234、338~341页。
③ 〔日〕竹内好：《新颖的赵树理文学》，《赵树理研究文集》（下），第75页。

热衷于人与人间关系的编排。人事可视为赵树理小说中最大的叙事单元。比如，其小说多以章节为单位，而每一章节往往篇幅短小，含有标题。《小二黑结婚》《李有才板话》中，每章的标题即见佐证，叙述单元的划分多以事件为标界。在事件之下，场面可视为对赵树理小说叙述单元进行分割的更小单位。人事往往是通过一系列场面来集中展示与推进。小说成为场面与场面的聚合与衍生的结果。这些场面包括农村生活场景、纠纷审判、风俗节庆、闲聊聚会、基层动员等。比如，《三里湾》，频繁描写的是开会和亲友拉家常的场面。《刘二和与王继圣》，聚焦于神社活动和打谷场的场面。上述场面多为基层组织、农事生产、仪式性的公共活动，参与者众多。阅读赵树理的小说，令人印象深刻的也往往是场面描写。比如，《小二黑结婚》中三仙姑告状的场面，《李家庄的变迁》中村公所诉讼闹事的场面，《登记》中登记和婚宴的场面等。空间成为场面的依托，而这种空间多具公共性。《三里湾》中，即使是家庭空间，也与公共空间难分边界。小说的空间书写主要集中于马家院、范家、王家和旗杆院。旗杆院自然是村中娱乐、办公、试验、组织活动的公共空间，而王家，尤其是王玉生的房间，也是村中开会集合的常地。因此，平日关锁门户的马家院在三里湾是个"异质空间"。赵树理热衷于场面描写，却并未使小说获得空间化的形式。因为场景的连缀组合来自叙述时间上的推进而非情绪化的晕染。赵树理小说中叙事单元的组合，往往经过严丝密缝的拼接，比如，场面、时间、事件、空间等的转移、推进与衍生。这种叙述上的"缝合"或"过渡"在文艺作品中并不罕见。但赵树理显然相当乐意保存这种"缝合"痕迹，而非刻意掩饰。在赵树理的部分小说中，缜密的时间秩序、段落的划分排列，以及遣词造句都保留这种笼罩全文的"编织"痕迹。其中，以《三里湾》最具代表性。以下仅以"章节"为单位，考察各叙述单元间如何连缀成篇。

赵树理小说的绵密性可以通过上下章节首尾相扣的方式予以实现。小说往往以某人为叙述线索导入，牵引读者进入下一个场景和高潮。一类以"接龙"式的单一叙述线索行进（比如，第1~4节、第6~7节、第9~10节、第11~15节、第17~20节、第22~23节、第27~28节）。该篇小说

第一章　人民文学的典范：赵树理的文艺实践与理想

各章节首尾相接处或有语义重复，或有共同指涉。另一类以"花开两朵，各表一枝"的二重叙述线索行进（第4节与第5、6节，第10~15节与第16节）。对于后者，赵树理常以两个"带路者"将读者分别带入下文。《三里湾》第4节结尾是玉生和小俊两人在王家争吵后愤然离去。"玉生往旗杆院去了，小俊往她娘家去了。"第5节开头是"玉生跑到旗杆院前院"；而第6节开头是"小俊跑到老天成院子里"。①小俊和玉生并不是第5、6节的叙述重心，他们仅承担着穿针引线的叙述功能。赵树理认为，"中国旧小说有一个特点就是'有话则长，无话则短'，这和西洋小说'有话则有，无话则无'不同。譬如《四郎探母》坐完了宫要过关，在戏台上要摆出一道象征的关卡过一下，虽然时间很短，但一定要走一下这个形式，这就是'无话则短'的成规。要在新戏中，这一段过关一定略去了"。②出于对中国人传统审美习惯的考虑，赵树理小说中的"过门"形式就是环环相扣，由一个人物、场面或事件将下一个对象带出来。赵树理对叙述连贯性的格外重视，也体现了其对传统文化中由因及果的审美范式的认同。

小说的绵密性还可以通过精确的日期标记的方式来予以实现（第21~22节，第24~25节，第29~34节）。《三里湾》写的是1952年9月1日至9月30日发生于三里湾的故事。小说以"日"为单位组成一个"月"的故事。以时间作为叙述单元的标界在小说中是再自然不过的了。但《三里湾》中的时间（日期）既承担着分割叙述单元的功能，又在整体上发挥着聚合叙事单元的作用。日期的推进成为《三里湾》小说展开的一种方式。叙述者在开篇第1节就交代了时间："就在这年九月一号的晚上。"③"这年"即引子中交代的1952年。小说第1~8节均为9月1日夜晚发生的事。小说在讲述新一天的故事时，往往在章节开头就标明日期。比如，第23节开头："四号夜里，登高只估计第二天的情况，一夜又没有睡好觉。天亮了〔……〕"第25节开头："九月十号是休息日。这天早晨

---

① 赵树理：《三里湾》，《赵树理全集》第4卷，大众文艺出版社，2007，第187、192页。
② 赵树理：《在连载、章回小说作者座谈会上的发言》，《赵树理全集》第3卷，第356页。
③ 赵树理：《三里湾》，《赵树理全集》第4卷，第166页。

[……]"。第 26 节开头："十号下午，马有余［……］"。第 31 节开头："二十一号晚上，秦小凤［……］"第 33 节开头："这一年是个闰五月，所以阴阳历差的日子很远——阳历的九月三十号才是阴历的八月十二。"第 34 节的开头："这天夜里，干部们在旗杆院分成三个摊子，开会的开会，办公的办公，因为九月三十号是社里年度结帐的日子［……］"① 小说中每日的故事在叙述时间上长短不一，但即使叙述时间为零，这种省略也会交代出来。比如，第 27 节的开头："自从扩社的社员大会开过以后［……］七八天之后，［……］到了十八号这天晚上，灵芝［……］"②

　　叙述者对日期有着异乎寻常的执迷。比如，小说中"第二天"之类的词语通常并不需要另外标明日期。在上下文中，"第二天"往往意味着次日，其功能在于承接。但《三里湾》中"第二天"之后多特别标明日期（仅第 9 节例外）。比如，第 22 节开头，"次日（九月四日）范登高参加了马家的分家谈判"。第 28 节开头："天明撤了岗之后，玉生和灵芝到后院找张信给他们做个证明人，约定到第二天（二十号、休息日）下午到区公所登记。"第 32 节开头，"第二天（二十二号）上午，范登高［……］"。第 18 节结尾："这点小事，一直蘑菇到天黑，总算蘑菇出个结果来：自第二天——九月三号——起［……］"③ 作品本身并非如侦探、推理类小说对日期有着精密要求。但《三里湾》日历式的标识不能仅仅视为构建小说绵密性的技巧，它还隐含着创作者在文学虚构与经验现实之间建立仿真关系的意图。当文艺作品对其与现实生活的"相似度"精益求精时，这可能暗示着小说对于真实感的追求局限于比附现实生活的层面，小说的意义与价值极大程度源自这种"相似度"。

　　赵树理试图编织一个与现实齐头并进的文学世界。小说中的"时间"与现实中的"时间"构成同步关系。这种时间性成为统括小说中的人物及其生活的抽象存在。笔者发现，1940 年代至 1960 年代，赵树理在作品中

---

① 本章所引赵树理作品部分，画线均为笔者所加。赵树理：《三里湾》，《赵树理全集》第 4 卷，第 287、301、309、343、350、354 页。
② 赵树理：《三里湾》，《赵树理全集》第 4 卷，第 313 页。
③ 赵树理：《三里湾》，《赵树理全集》第 4 卷，第 280、319、346、259 页。

第一章　人民文学的典范：赵树理的文艺实践与理想

越来越热衷于标记故事发生的具体年代。比如，在《三里湾》中，"今年"或"这年"、"这一年"，这些具有强烈在场感的词语被特别标注年代。又比如，《登记》，开头即交代了故事的发生时间为"1950年"。小说中两对新人反抗父母包办婚姻，遭到了乡村陈规陋习和传统观念的束缚。1950年《婚姻法》的公布最终令所有问题迎刃而解。而小说《登记》也发表于1950年。这种故事发生的时间与作品发表的时间的叠合，表明同步性已经成为小说意义生成的重要因素。对赵树理1940年代以来的小说（小报短文、人物传记除外）做个统计，便可发现作品中故事发生的时间与写作发表的年份间的特别关系。故事发生的时间以主体部分为准，简短的交代、引子和追述等忽略不计。比如，《灵泉洞》开头介绍了1938年、1939年和之前田家湾的事，但"我要说的故事从这里才算开始。以上只算是故事前边的交代"。① 因此，该故事发生的时间从"这里"（1940年）算起。

1940年代以来赵树理小说发表的时间与故事发生的时间统计表

小说名称	发表年份	故事发生的时间	故事的时间标识	有无故事发生的具体年份
《小二黑结婚》	1943	抗战时期	故事内容	无
《李有才板话》	1943	抗战时期	"抗战以来，阎家山有许多变化［……］"②	无
《地板》	1946	抗战时期前后	故事内容	无
《李家庄的变迁》	1946	1926年、1927～1945年	"抗战以前的八九年［……］"，"到了民国十九年夏天［……］"，"到了民国二十四年这一年［……］"，"日本宣布投降的消息传到李家庄之后［……］"③	有

---

① 赵树理：《灵泉洞》（上部），《赵树理全集》第5卷，第102页。
② 赵树理：《李有才板话》，《赵树理全集》第2卷，第253页。
③ 赵树理：《李家庄的变迁》，《赵树理全集》第3卷，第1、21、45、122页。

续表

小说名称	发表年份	故事发生的时间	故事的时间标识	有无故事发生的具体年份
《催粮差》	1946	抗战以前	"抗战以前[……]"①	无
《福贵》	1946	1946 年	"直到去年敌人投降以后[……]"②	无
《刘二和与王继圣》	1947	1934～1946 年	"一九三四年秋天","日本投降后[……]又隔了十来个月"③	有
《小经理》	1947	1940 年代	故事内容	无
《邪不压正》	1948	1943 年至 1947 年底	"一九四三年旧历中秋节[……]","第二个大变化在一九四六年[……]","到了这年(一九四七)十一月,政府公布了土地法[……]"④	有
《传家宝》	1949	1949 年正月初二	"在本年(一九四九年)这一天早饭时[……]"⑤	有
《登记》	1950	1950 年正月到公历 5 月左右	"小飞蛾生了个女儿叫'艾艾',算到一九五〇年阴历正月十五元宵节[……]","再回头接着说今年(一九五〇年)正月十五夜的事吧"⑥	有
《三里湾》	1955	1952 年 9 月 1～30 日	"到一九五二年[……]就在这年九月一日的晚上"⑦	有
《灵泉洞》上部	1958	1940 年初夏至 1943 年	"一九四〇年初夏[……]","1941 年春天[……]","到了一九四三年三月之后[……]"⑧	有

---

① 赵树理:《催粮差》,《赵树理全集》第 3 卷,第 137 页。
② 赵树理:《福贵》,《赵树理全集》第 3 卷,第 147 页。
③ 赵树理:《刘二和与王继圣》,《赵树理全集》第 3 卷,第 169、200 页。
④ 赵树理:《邪不压正》,《赵树理全集》第 3 卷,第 280、300、310 页。
⑤ 赵树理:《传家宝》,《赵树理全集》第 3 卷,第 331 页。
⑥ 赵树理:《登记》,《赵树理全集》第 4 卷,第 2、9 页。
⑦ 赵树理:《三里湾》,《赵树理全集》第 4 卷,第 166 页。
⑧ 赵树理:《灵泉洞(上部)》,《赵树理全集》第 5 卷,第 102、139、219 页。

第一章　人民文学的典范：赵树理的文艺实践与理想

续表

小说名称	发表年份	故事发生的时间	故事的时间标识	有无故事发生的具体年份
《锻炼锻炼》	1958	1957年秋末	"这是一九五七年秋末［……］"①	有
《老定额》	1959	1959年	"今年（一九五九年）六月十二日……"②	有
《杨老太爷》	1962	1947年	"又隔了一年（一九四七年）［……］"③	有
《互作鉴定》	1962	1961年	"一九六一年五月十日［……］"④	有
《卖烟叶》	1964	1963年	"她本来在这一年（一九六三年）［……］"⑤	有

从上表可见，赵树理小说中故事的发生时间与写作时间在年份上相当接近。赵树理1940年代初期创作的《小二黑结婚》《李有才板话》的故事虽然缺乏具体的年份，但也有一个明确的年代，比如，抗战时期、抗战以来等。从行文即可明显感受到故事是在作者和读者共同熟稔的语境下行进的。无论是土地改革，还是提倡婚姻自主，都是当时解放区普通百姓生活中正在进行或刚刚发生的故事。这类作品的开头多是单刀直入地进入故事世界。1940年代末以来，赵树理的时间意识越来越强，作品中往往标明故事发生的具体年代。一类作品，如《登记》《老定额》《福贵》，其创作完成时间与故事发生时间在年份上重合；《卖烟叶》《互作鉴定》《三里湾》《锻炼锻炼》等故事发生的时间与写作完成的时间相距二三年。它们延续了1940年代初期故事时间与创作时间几乎同步的格局。在此语境下，读者易于模糊小说世界与现实世界的界限而出入其间。另一类作品中，故事发

---

① 赵树理：《锻炼锻炼》，《赵树理全集》第5卷，第221页。
② 赵树理：《老定额》，《赵树理全集》第5卷，第354页。
③ 赵树理：《杨老太爷》，《赵树理全集》第6卷，第49页。
④ 赵树理：《互作鉴定》，《赵树理全集》第6卷，第106页。
⑤ 赵树理：《卖烟叶》，《赵树理全集》第6卷，第222页。

生的时间与创作时间并不重合或相邻,而故事结尾部分的时间往往与创作时间相近。比如,《李家庄的变迁》(1946)、《刘二和与王继圣》(1947)、《灵泉洞》(1958),小说重心多限于1942年前,故事并非来自写作时的社会现实。在某种意义上说,有跨度的时间似乎更利于展现人物性格的发展历程;也有利于作者从历史中抽身而出反思历史。而故事在结尾处暗示所写之事与写作之时存有关联。这类作品内涵最为复杂,也最具有深度。

如果说赵树理对于"时间"的时刻铭记是一种叙述上的策略,那么,具有反讽意味的是,叙述者与小说人物在时间观念上构成悖论的张力。小说中的人物一般用吃饭(日常起居)、开会(基层组织生活)、农历(农事生产),而非钟表来标识时间。如果参照李欧梵在《上海摩登——一种新都市文化在中国1930—1945》中所强调的时间观念上"现代性"的标准,《三里湾》的世界无疑仍然处于滞后的前现代社会。李欧梵将安德森(Benedict Anderson)的理论应用于上海都会文化研究,认为上海"想象性社会"的日常生活也是以钟表和日历来计算,而这种时间及日历系统(如月份牌)是"现代性"所赖以建构的基础。[①]《三里湾》中仅出现三次钟表意象。它是旗杆院的公用财产,为民兵轮岗值班时所用。赵树理的小说成为以现代社会以时事、政策、运动等为标识的大时间(公历)对于乡村社会生活的小时间(自然时间、生活时间)进行统摄的寓言。这使得它们与当时"赶任务""概念化""公式化"的写作潮流共享了一种大体相似的文学假设,即作品的存在及其意义直接与作品流通时的社会政治语境相挂钩。

二 小说图景的整体性:阶层、性别与权力

赵树理作品再现了抗战、内战以及1949年后不同历史阶段乡村社会内部新陈代谢的完整图景。它包括乡村世界运行所依托的一整套社会权力结

[①] 李欧梵:《上海摩登——一种新都市文化在中国1930—1945》,毛尖译,北京大学出版社,2001,第55、94、95页。

第一章 人民文学的典范：赵树理的文艺实践与理想

构与道德伦常体系的变动。赵树理的小说中，"新婚姻法"、"合作社"、"社会主义"等新词不再缥缈模糊，而是被切切实实地安置在村民的日用伦常中。小说中，乡民们或安身立命于神明禁忌（二诸葛、三仙姑等），或遵循常情、常理、常态的传统生存之道（小飞蛾、张木匠等）。赵树理关注的是国家政策如何渗入乡村社会日常运转中，以及村民在其中如何重塑思想信仰。

赵树理的小说基于稳定的乡村社会结构和伦理体系来展示人事的变迁。因此，人物作为个体并不重要，重要的是其在乡村社会阶层中的类属。《刘二和与王继圣》中，关帝庙里有神社事，社首打发看庙的人去通知：桌面上的人物用"请"，老百姓用"叫"，外来逃荒的只用"派个条子"。从简单的措辞中即可看出一个乡村社会的等级结构。赵树理的小说展示了外来户、本地人、地方官绅、走狗、二流子、佃户贫民、富裕中农、基层干部等形形色色的人物。他们建构起超越阶级分类的更为广阔的乡村社会网络和等级结构。与他们相关的人事也都可以视为乡村社会的常情、常理、常态的表征。比如，婆媳关系、夫妻关系、代际关系等伦常问题。又比如，农民对于土地的依恋，单干户、搞副业者对于财富的追求，小腿疼等人对于劳动的趋利避害，小旦等人对于权力的欲求，三仙姑对于异性的欲望等，实乃人之"常情"。官僚主义（村主任）、文牍主义（王助理员），地方势力与底层流民的勾结（李如珍与杂毛狼等），地方势力与地方官员、上层官僚的联合（李时珍与军阀）等，乃社会之"常态"。

1949年后，最务实的文艺想象是如何在社会生活的常情、常理、常态中建构起一种新型人格和人际关系。1950年代，婆媳关系、男婚女嫁等这些亘古常新的主题，在新旧之别的大框架下重新演绎，成为流行的文艺主题。比如，《合家欢》（《说说唱唱》1953年1月号第37期）中，童养媳艾香因妇联会工作而耽误做家务，与婆婆闹矛盾。婆婆信仰的是"国有国法，家有家教"，而"家教"中的长幼秩序与"国法"中的自由平等不能兼容。相声《婆媳之间》（《说说唱唱》1953年3月号第39期）说的也是因婆媳闹矛盾影响了家人工作。这些婆媳矛盾的解决往往依靠于评理会、家庭会议、村委会的调解。参与其中的有亲友、干部、"进步分子"、街坊邻里。作品最后总是婆婆放弃了旧有观念。这显示了"国法"——《婚姻法》对于"家法"的降服。这种降服要依赖于"理"的更新来予以支持。而所谓"评理",即意味着在新旧伦常观念对峙时的公众裁决。婆媳矛盾不再是私人或家庭内部的恩怨纠纷,而成为公共事务之一。干部及村民成为主要裁判者。赵树理的《传家宝》《登记》《三里湾》等都涉及婆媳矛盾,其解决方式均为家庭会议或村委会裁决。

赵树理对于乡村图景的把握是呈现其常情、常理、常态的一面;而呈现的方式角度部分源自乡村社会的审美和认知范式。比如,赵树理的小说善于用外号代替具体姓名。[①] 一方面,外号是普通民众对于世俗社会中常见品行或"为人之道"的高度概括。比如,"翻得高""常有理""能不够""铁算盘",这些人在道德或性格上存有"缺憾",但都是小奸小坏,谈不上大是大非。另一方面,外号也可承载种种民间隐秘的欲望。比如,"小飞蛾"的命名取自一个能歌善舞、穿着白罗裙满台飞的武旦,隐含着情色意味。现代社会科学的兴起使得现代人和现代生活成为科学分析的对象。而现代文学对于表现与分析的双重追求,亦使得现代个体及其生活获得了含混性与复杂性。但赵树理稳稳当当地扎根于他所书写的乡村世界,民间趣味与智慧成为小说中乡村社会运转的主宰要素。他对于乡村世界的形形色色有所质疑,但这种质疑不同于现代小说所热衷的个性塑造与心理分析。赵树理的质疑往往针对的是具体人事;而他所质疑的世界具有一个无可质疑的社会主义蓝图和社会主义新人的想象作依托。

在赵树理的小说中,叙述者谙熟传统乡村社会的民间趣味与信仰观念。有一类作品如《小二黑结婚》《登记》《传家宝》《李有才板话》等,在文体风格上接近通俗文艺,在文学性质上更亲近"人民文学"。一方面,叙述者融入其中,时常流露自己与笔下普通民众在道德、价值、观念上的亲和感;另一方面,叙述者对旧世界拥有道德优势,以新时代的标尺衡量、挤兑旧人旧事。赵树理的小说中,叙述者往往参与其中"看"某人某事。比如,《小二黑结婚》中的章节标题即为"看看仙姑"。"看看"二字

---

① 赵树理:《谈〈花好月圆〉》,《赵树理全集》第5卷,第22页。

第一章 人民文学的典范：赵树理的文艺实践与理想

含有强烈的价值判断，暗示叙述者与观看者构成同谋。三仙姑告状被叙述者描画成区长和群众的集体道德审视。首先是区长对三仙姑进行反复审视——"看"。小说首先写了区长之"看"："区长见是个搽着粉的老太婆〔……〕"，"区长又打量了她一眼道〔……〕"。接着又写了群众之"看"："邻近的女人们都跑来看，挤了半院，唧唧哝哝说：'看看！四十五了！''看那裤腿！''看那鞋！'"①如此不厌其烦的"看"，指向的是强大的同质世界对于异质存在的"奇观化"和集体戏谑。《登记》中"小飞蛾"一出场就成了张家庄集体的欲望对象。"当新媳妇取去了盖头红的时候，一个青年小伙子对着另一个小伙子的耳朵悄悄说：'看！小飞蛾！'"第二天新媳妇刚要出门，"有个青年就远远地喊叫：'都快看！小飞蛾出来了！'……新媳妇的一举一动大家都很关心：'看看！'"②青年男子对"小飞蛾"的"看"，与区长和民众对"三仙姑"的"看"，实乃异曲同工。在小说中，叙述者站在观看者的立场参与了这些或为道德审判或为欲望彰显的观看过程，共享着某种价值取向和道德谱系。它包括依据男性中心社会的性别陈规来物化女性、他者化女性；依据社会政治体制变革产生的新旧等级关系来"合法化"女性年龄歧视、欲望凝视以及道德规范背后的性别政治。

赵树理以新时代的眼光打量旧时代的人事，易于对其进行"本质化"的处理。比如，《登记》中张木匠将小飞蛾把戒指交给保安的事报告给母亲，母亲教唆他赶紧打、狠打，并亲自挑好家伙。"他妈为什么知道这家具好打人呢？原来他妈当年轻时候也有过小飞蛾跟保安那些事，后来是被老木匠用这家具打过来的。"③赵树理将女性命运轮回的悲剧处理成带有喜剧色彩的伦理问题（即婆媳矛盾）。而叙述者对于"多年媳妇熬成婆"的调侃，搁置了对于女性悲剧的同情与反省。又比如，第二节"眼力"写小飞蛾无意中听到媒人五婶和民事主任的姐姐及姐夫说到自己当年被张木匠暴打的旧事，像是戳破了旧伤口。"她因为不想听下去，又拿出二十多年

---

① 赵树理：《小二黑结婚》，《赵树理全集》第2卷，第231、232页。
② 赵树理：《登记》，《赵树理全集》第4卷，第5~6页。
③ 赵树理：《登记》，《赵树理全集》第4卷，第7页。

前那'小飞蛾'的精神在前边飞,虽说只跟五婶差十来步远,可弄得五婶直赶了一路也没有赶上她。进了村,张木匠被一伙学着玩龙灯的青年叫到场里去了,小飞蛾一直飞回了家。"①小飞蛾之"飞",使得对于悲剧女性的叙述夹杂上调侃、闹剧的色彩。而这种喜剧色彩正来自叙述者对于新旧世代对峙的二元设置与新旧价值等级的绝对分配,即新定优胜于旧。

还有一类作品,如《李家庄的变迁》《催粮差》《刘二和与王继圣》《邪不压正》等,在文学性质上与五四新文学传统更为接近。作为知识分子的赵树理对于民间趣味、民众革命有着反思的尝试,而非以新社会新时代的标尺嘲弄旧社会的"落后"者和新时代的"变质"者。它们缺失了上述第一类作品所具有的整一性。竹内好认为"现代文学"和"人民文学"都不具有"还原"的可能性,即从整体中将个体选择出来,按照作者的意图加以塑造、充实的典型创造。人物在个体完成其典型性的同时,与整体环境融为一体。现代文学中,"现代的个体正进入崩溃的过程,对人物已不能再作为普遍的典型来进行描写,于是,就无法进行上述的创造了。"而"人民文学"的人物描写手法,是将个体从整体中选择出来服务于整体;这种人物不是完成的个体,只能称为类型而非典型。但赵树理的小说"在创造典型的同时,还原于全体的意志"。人物个体从整体中选择出来后,经历了发展,然后又回到整体。这种"还原"是"回到比原来的基点更高的新的起点上去"。②

《李家庄的变迁》中的典型创造应属于铁锁。铁锁曾背井离乡流浪太原,而"出走"这一情节暗示着某种自我建构的可能性。其他小说人物即使有流荡的经历(如刘二和、金虎、银虎),也都被搁置或一笔带过。他们很快就返回本村,"出走"经验并未造成性格"发展"或"自我完成"。而铁锁在流浪中经历了地下党小常的启蒙,也目睹了官场的昏昧,激发了他的个性"成长"。铁锁行动上参与群众运动,思想上获得阶级立场,他的"还原"看似获得了"更高的新的起点",建构起超越现代个体的"先进"人物的主体

---

① 赵树理:《登记》,《赵树理全集》第4卷,第14、15页。
② 〔日〕竹内好:《新颖的赵树理文学》,《赵树理研究文集》(下),第76、77页。

第一章 人民文学的典范：赵树理的文艺实践与理想

性。但问题是《李家庄的变迁》恰恰在不经意中写出了"还原"的困境。随着政局的急剧变化，铁锁的身影慢慢淡化。小说的结尾开启了铁锁下一代的故事。李家庄举行欢送参战人员大会，鼓舞铁锁的儿子、王安福的子侄等走上战场，以雪国仇家恨。[①] 小说中，中心人物由铁锁—小常—众人—下一代，场面空间由村公所—太原—龙王庙—战场的转移，显示了人与事逐渐被群体裹挟的倾向，"家恨"渐渐与"国仇"纠缠在一起。

在这一过程中，群体性本身可能产生的暴力、失控和混乱，使得铁锁的"还原"之路变得困窘。竹内好的"又回到整体"是否意味着个体的淡出呢？是否回避了"整体"所可能拥有的暴力性？《李家庄的变迁》中写到龙王庙公堂"公审"地主李如珍的暴力场面。审完后，未等县长宣布处理结果，村民已将李如珍拖下来，"人挤成一团，也看不清怎么处理，听有的说'拉住那条腿'，有的说'脚蹬住胸口'。县长、铁锁、冷元，都说'这样不好这样不好'，说着挤到当院里拦住众人，看了看地上已经把李如珍一条胳膊连衣服袖子撕下来，把脸扭得朝了脊背后，腿虽没有撕掉，裤裆子已撕破了。"[②] 暴力行为在赵树理作品中多属于二流子、汉奸和日本兵的"专利"。上述暴力以集体而非个体之名实施，振振有词，且无须为任何后果承担责任。"公审"的暴力场面令人深思：谁有资格以如此方式审判他人呢？谁又有资格侵犯甚至剥夺他人的生命？"文革"中集体暴力升级失控、惨绝人寰的一面，也是其来有自。开会、"公审"之类的基层组织生活，成为乡村日常生活的主要构成。它们承担着调节、裁判和处理乡村各类事务的功能，包括家庭矛盾、个人思想问题、减租减息、分家、土改等。但赵树理的小说往往回避书写"整体"场景的集体暴力及其失控。

铁锁的个体建构或可由此再出发，但赵树理无意或无力予以追究，而将故事推给了下一代。一方面，整体叙述（诸如"国族"危机、群众运动等）对于个体叙述的淹没，暗示着赵树理在此向度上思维的界阈。另一方面，失控的场面暗示了赵树理对其所认同的农民暴力革命的担忧和恐惧。

---

① 赵树理：《李家庄的变迁》，《赵树理全集》第3卷，第129～130页。
② 赵树理：《李家庄的变迁》，《赵树理全集》第3卷，第119页。

但这并不意味着人道主义关怀的灵光一闪。赵树理小说世界的整一性遭遇了内在分裂的挑战。但这种挑战来自整体本身的暴力一面。赵树理以喜剧笔调讲述村民对待三仙姑、小飞蛾等女性的暴力场景，比如，身体暴力（家暴）、年龄歧视、凝视暴力等。这暗示着他对于乡村文化蒙昧面的默许；而这种默许也是性别权力关系"合法化"的结果，即男性中心社会所固有的性别规范与政治话语中新旧价值的绝对对立相勾连，遮蔽了质疑与批评性别歧视和性别暴力的可能性。赵树理以寥寥几笔写村民们对待李如珍的失控场景，则意味着有意的回避。因为李如珍的性别（男性）与阶级（地主）身份，赵树理仅能依据政治权力关系来结构其集体、暴力与叙事。而对于这一叙述的展开及其道德合法性，赵树理似乎缺乏信心。社会性别价值规范对于女性的操控根深蒂固，文学世界中性别话语易于为政治话语理论所附着利用。而阶级话语理论对于现实暴力的附着力与阐释力，在当时文学想象与叙述的"公式化""概念化"倾向中，可见其限度。

三 "新启蒙运动"：以民间本土为正统

赵树理及其创作之所以能够成为 20 世纪四五十年代文学进行自我想象的基点，恰恰因为其顺应了中国小说观念由欧化向民族化流变的趋势。自 20 世纪初以来，中国现代文人一直在不断地探索"现代小说"的真义。1920 年代，中国文人多以西洋小说为正格来建构现代小说的范式，尤其是短篇小说。古典小说传统被视为现代小说亟待挣脱的对象。以传统小说为起跑线、西洋小说为终极指向，1920 年代中国文人建构起关于现代中国小说粗线条的想象。

一方面，古典小说文类与写法在 1920 年代多被"打入冷宫"。1921 年，张舍我认为，当时报刊中刊载的短篇小说受到"笔记体与杂志体、传记体等"文章的"毒害"，不能称为严格意义上的短篇小说。[①] 1922 年，

---

① 张舍我：《短篇小说泛论》，严家炎编《二十世纪中国小说理论资料》第 2 卷，第 100、101 页。

第一章　人民文学的典范：赵树理的文艺实践与理想

瞿世英指出，中国古代小说的弊病在于"'能记载而不能描写。能叙述而不能刻画'。所以中国小说只有事实。后来的作家必须要避去这种缺点才好。"① 传统小说的叙述方式亦不符合现代人的审美观。1934 年胡怀琛在界定中国"现代小说"时仍着意以传统小说为反面："绝对是写的，不是说的，绝对脱尽了说书的痕迹"等。② 章回体小说中"按下……不提，且说……"之类的"方程式"被茅盾视为最拙劣的结构方法。他认为小说结构的进展，"第一应注意回避第三者的叙述口吻，应该让事实自己的发展来告诉读者。第二应注意不露接笋的痕迹"。③ 1940 年代后的赵树理以创作实践质疑了这种现代小说的想象，毫不掩饰甚至有意制造小说叙述中的接榫痕迹。

另一方面，1920 年代现代文人引入西方文学资源，建构起中国现代小说的想象空间。1926 年郁达夫在《小说论》中指出："中国现代的小说，实际上是属于欧洲的文学系统的，所以要论到目下及今后的小说的技巧结构上去，非要先从欧洲方面的状态说起不可。"④《小说论》第一章至第六章的参考书目除鲁迅的《中国小说史略》第一篇，以及日本木村毅的《小说之创作及鉴赏》《小说研究十六讲》外，其他 13 本均为外文著作。胡怀琛在《现代小说》中构想中国现代小说的应有面目："这种小说，当然是受了西洋小说的影响而产生的，更不用多说。"⑤1920 年代现代文人对于现代小说技法讨论较多的是自然风景与心理描写。这些正是现代文人所能把握到的西洋近代小说发展的走向。⑥ 对这一动向的把握可能是照搬自某些西洋小说研究著作。他们所描绘的西洋小说图景具有极大的相似度；其选择的西洋文艺理论资源也有重合。比如，1926 年郁达夫的《小说论》和

---

① 瞿世英：《小说的研究》（下篇），《二十世纪中国小说理论资料》第 2 卷，第 274 页。
② 胡怀琛：《现代小说》（节选），吴福辉编《二十世纪中国小说理论资料》第 3 卷，第 261、262 页。
③ 茅盾：《小说研究 ABC·结构》，《二十世纪中国小说理论资料》第 3 卷，第 52 页。
④ 郁达夫：《小说论》，《二十世纪中国小说理论资料》第 2 卷，第 418 页。
⑤ 胡怀琛：《现代小说》（节选），《二十世纪中国小说理论资料》第 3 卷，第 262 页。
⑥ 六逸著《小说作法》、沈雁冰著《人物的研究》（《小说研究》之一），分别见《二十世纪中国小说理论资料》第 2 卷，第 200、372、390 页。

1925 年茅盾的《人物的研究》(《小说研究》之一）均以 Bliss Perry 的 *A Study of Prose Fiction* 作为参考书目。而《小说论》六章中有三章都以此书为参考文献，而其他参考书目数量不多，且限于各国文学简史、小说艺术手册、百科全书等英文与德文著作。

　　1930 年代、1940 年代，部分现代文人就现代文坛取得的初步实绩反思以西洋小说为正格的中国小说现代化历程。一方面，他们重估本土文学传统，寻找小说现代化之突破点。1927 年俞平伯委婉指出不应摒弃传统，"就今日言，小说界上所受着欧化的好影响，并不如我们预期的大"。①1933 年赛珍珠对于中国小说的现代化则持有明确的批评立场。她认为，"读现在的新小说就觉得缺少一种旧小说中所常用而一般中国人日常生活所固有的幽默的感想，倒是被从西洋某种学派或则特别是从俄罗斯作家学来的不健全的自我解剖压迫着；中国旧小说中所固有的那种对于人性或是生命本身所发生的趣味，反而感觉不到！另外有一种阴郁的内省，至少对于我，他是比不上旧小说的。"②赛珍珠对中国现代小说的期待是技巧或许来自西方，但仍然代表中国民族的智慧和风格。另一方面，1930 年代、1940 年代的社会主义写实主义、文艺大众化等文学思潮的兴起，亦催化了对"以西洋小说为正格"的质疑。1935 年凌鹤将乔伊斯等的作品（1920 年代被新文学作家视为现代小说之典范）称为"新心理写实主义"，以为作家的世界观决定表现手法。"作为写作技术的新心理写实主义的内心的独白，正表示着没落阶级的作家们对于内容空虚的小说作品在形式上加厚粉饰的作用。"社会主义写实主义文学家只能在描写技巧层面摄取之。③王任叔也曾指出心理主义的描写法宜于表现爱情或静态，不适合于描写时代风云。④1920 年代，茅盾、郁达夫、六逸等人都将小说重心转向人物心理

---

① 俞平伯：《谈中国小说》，《二十世纪中国小说理论资料》第 3 卷，第 35 页。
② 〔美〕勃克夫人（赛珍珠）：《东方、西方与小说》，小延译，《二十世纪中国小说理论资料》第 3 卷，第 206 页。
③ 凌鹤：《关于新心理写实主义小说》，《二十世纪中国小说理论资料》第 3 卷，第 397、398、400 页。
④ 王任叔：《中国现代小说发展的动向的蠡测》，《二十世纪中国小说理论资料》第 3 卷，第 390 页。

第一章 人民文学的典范：赵树理的文艺实践与理想

视为近代西洋小说的开端或趋势。茅盾曾赞同华纳（Charles Dudley Warner）的观点，以"人物之心理的与精神的能力所构成"的故事为最高等的小说。① 然而，时至1943年，张天翼对旧小说与西洋小说的形式已不做优劣之论，只做写法上的区分。同是写心理，西洋小说通过内省的方式来写，而旧小说通过考察行为的方式来写。②

在东亚近代化的框架下反思文学的现代化，中国现代文人与日本文人对各自本土文学经验有相似的困惑，即如何将小说现代化从欧化中摆脱出来，从本土传统中寻找再出发的资源。1930年代，谷崎润一郎在《春琴抄后语》中指出，日本近代小说以注重描写与对话的西洋小说为正统。但日本小说家在年老后更乐意选择故事体或随笔体传统小说形式。在中国，1937年施蛰存指出，近代以来中国仿照西洋小说的写法，改革将对话与叙述连贯写下去的旧小说形式。新文学作家用引号来注明，将对话分行写，并将旧小说"某生曰"之类的样式加以补注和描写，如"某人爬上了车子，叽咕着说"等。这种形式被中国现代作家普遍采用，并以记录对话的方式描写心理或阐发哲学。③ 尽管施蛰存与其朋友对西洋小说中对话形式的文学功效有所质疑，但"到底不敢不承认自十九世纪以来的那些西洋小说为正格"。④《春琴抄后语》让施蛰存对中国现代小说文体的反思获得了后援。他开始怀疑那些西洋式的正格小说之于章回体、话本体、传奇体及笔记体的小说是否具有优势。曹雪芹描写林黛玉，不曾使用心理分析法与冗繁对话，"但林黛玉之心理，林黛玉之谈吐，每一个看过《红楼梦》的人都能想象得到，揣摩得出"。⑤

1949年以后大陆文学从欧美文化系统之外和以西洋文学为正格的五四新文学之外寻找建构自身文化主体性的资源。一方面，对于中国传统和民

---

① 沈雁冰：《人物的研究》（《小说研究》之一），《二十世纪中国小说理论资料》第2卷，第390页。
② 张天翼：《"且听下回分解"及其他——写给一位太太》，《二十世纪中国小说理论资料》第4卷，第195页。
③ 施蛰存：《小说中的对话》，《二十世纪中国小说理论资料》第3卷，第466、467、468页。
④ 施蛰存：《小说中的对话》，《二十世纪中国小说理论资料》第3卷，第468页。
⑤ 施蛰存：《小说中的对话》，《二十世纪中国小说理论资料》第3卷，第471页。

间本土资源的倚重与1949年后世界冷战格局下中国的民族身份建构、赶超欧美的社会主义远景构想有关；另一方面，中国现代文人对西洋小说的认知局限于烦冗描写、心理分析和对话记录等。1950年代的文人往往由此出发，使得新时代的小说构想多滞留于西方现代小说技巧和传统小说技巧的取舍层面。①

1949年以后，大陆文人着重在民族性的向度上建构新的小说范式，注重口耳相传的文化传播形式。首先，民间文艺的文体优越性被凸显出来：形式集中简练，反映民众智慧。王亚平也提到旧曲艺写状仔细、滑稽有趣、引人入胜，值得学习。②刘流的《烈火金钢》采用评书形式，这一民族形式"写起来比较容易，谁都可以写，能讲故事就能写。"③ 其次，就传播功能而言，中国古典小说因形式宜人（可讲可口传）而较之外国小说更胜一筹。1949年中国文盲率仍在80%以上，农村文盲率高达95%以上，学龄儿童入学率为20%左右。1950年代扫盲教育体制的建立与扫盲运动的集中展开，取得了不少成绩。至1957年，学龄儿童的入学率上升到61.7%。④吴祖缃认为，古代小说内容可以谈出来，而外国小说多长篇大论地写景与心理，精彩处留在心里不易谈出来。⑤《林海雪原》的作者曲波也有同感，因此在写作中力求接近民族风格，"是为了要使更多的工农兵群众看分队的事迹"。⑥1956年不少出版社（包括上海古典文学出版社）重印通俗易懂的古代小说，比如，《隋唐演义》《平妖传》《四游记》《照世

---

① 楚天阔：《过去，现在，未来》，《二十世纪中国小说理论资料》第4卷，第160、162、163页。
② 王亚平：《中国民间艺术的认识与改革》，《论大众文艺》，天下图书公司，1950，第106~111页。
③ 刘流：《"烈火金钢"写作中的几点情况和问题》，《作家谈创作经验》，中国青年出版社，1959，第140页。
④ 关于20世纪五六十年代扫盲教育的具体历史，可参考〔日〕浅井加叶子著《1949~1966年中国成人扫盲教育的历史回顾》，王国勋、刘岳兵译，《当代中国史研究》1997年第2期，第109~120页。
⑤ 吴祖缃：《在中国作协第二次理事会上的发言》，《二十世纪中国小说理论资料》第5卷，第167页。
⑥ 转引自何其芳《我看到了我们的文艺水平的提高》，《二十世纪中国小说理论资料》第5卷，第262页。

第一章 人民文学的典范：赵树理的文艺实践与理想

杯》《西湖佳话》等。①

当代小说家们不再是从"写—读"的向度来衡量文学形式的优劣，而是从"说—听"的美学规范来要求作品。这与其时全国上下普遍开展的扫盲运动、"文化翻身"、民众的文化水平状况密切相关。1949年后，从读报员到故事员，都参与了文艺作品的口头传播。② 1949年后，创作者阵营构成的变化以及相关文艺政策的推行，强化了民间文艺趣味和美学形式的传承。在当代作家队伍重构过程中，涌现了一类创作群体，他们来自贫民或流浪者阶层，较少接触正统教育，文艺爱好多来自周遭民间艺术的熏陶。比如，王老九、张孟良等。《在延安文艺座谈会上的讲话》对于民族形式、民间形式的提倡，以及新政府"推陈出新""改旧"等文艺政策的推行，也激发并强化了各个创作群体对于民间文艺的认同感。通过行为和对话来写人物、讲究故事结构的完整性，成为当时小说家努力效仿的民族形式和传统小说作法。比如，梁斌在《红旗谱》的创作谈中对此有明确说明。③ 1958年，王燎荧将《林海雪原》称为"革命英雄传奇"，从中看到了古典小说和侠义小说的对白翻版。④ 其实，古典小说与民间文艺在当代的承袭是有选择的结果。1949年以后的"戏改"与"改旧"，其重点在于"改"，即根据原有艺术的"毒素"多少而作不同程度的改写。比如，王亚平曾将民间艺术的改写方法分为小改法、改写法、翻造法。⑤

赵树理的创作承应了中国小说现代化历程中由欧化向民族化突围的一大脉络。他的文学作品与时代文艺共享了某些理念预设，但其文学再现、文学理念本身则更为复杂。"通俗化"与"新启蒙运动"是赵树理文艺观和文化构想的核心。"通俗化"，是"文化大众化"的主要道路，"新启蒙运动"的组成部分。"新启蒙运动"，是"拆除文学对大众的障碍"，改造群众旧的意识并使其接受新的世界观。它涉及文学、历史、地理等一切文

---

① 阳湖：《为什么要重新出版这些古代小说？》，《二十世纪中国小说理论资料》第5卷，第172页。
② 段宝林：《中国民间文学概要》，北京大学出版社，2009，第95页。
③ 梁斌：《漫谈"红旗谱"的创作》，《作家谈创作经验》，第82、83页。
④ 王燎荧：《我的印象和感想》，《二十世纪中国小说理论资料》第5卷，第269、272页。
⑤ 王亚平：《中国民间艺术的认识与改革》，《论大众文艺》，第112、113页。

化知识领域。① 赵树理反复强调中国当时的文艺有三个传统：古代士大夫文化传统、五四新文化传统、民间文化传统。文化界多以五四新文化为正统、高级。② 赵树理认为，五四新文化为外国文化的移植，他试图在民间文化传统之上发动"新启蒙运动"。"通俗化"并不等同于"普及"，也不限于通俗文艺。而"普及"与"提高"并不相悖：大众文艺为当前任务服务，制作"高级"作品为副业；大众文艺不排斥精英文艺的养分，也可写以得精致动人。③

"新启蒙运动"源于赵树理对乡村自始至终的亲密情感和变革夙愿。一方面，赵树理在创作生涯之开端即关注农村与文化这一命题。1936年，赵树理将中国乡村比作一个埋头"吃苦"的小伙子，而将自己拟想为"引路人"，改变其将苦难委诸命运的观念。④ 赵树理作品中一贯处理的核心问题正是如何从农民的日用伦常、常情常理出发，来确立新启蒙"理"之所在。但就其对于三仙姑、小飞蛾、李如珍等人的处理，如前分析，亦可见出"引路人"自身的视阈临界点。另一方面，"新启蒙运动"是赵树理有感于中国文艺现状的应对性策略，他对农村的文艺状况有着清醒的认知。1940年代农村，以戏剧和秧歌的改造取得的成就最高，诗歌和小说基本上交了白卷。普通民众广泛阅读的既不是边区文人出版的"大众文库"，也不是"抗战读本"。经过十多年的旧戏曲改革运动的老解放区农村，旧戏的流行度仍然超过新文艺与新戏。⑤ 1949年赵树理指出，城市旧文艺阵地也很大，"希望新文艺的火车头，把一大段旧文艺车皮挂上，在普及基础上前进。"⑥ 赵树理和大众文艺创作研究会的发起人，怀有争夺封建文化阵地的抱负。但这些文化实践多以失败告终。比如，赵树理曾致力于将新小说改编为曲艺的文化事业，但遭遇的困境是新文学作家不干，旧文人干不

---

① 赵树理：《通俗化"引论"》，《赵树理全集》第2卷，第68、69页。
② 赵树理：《回忆历史 认识自己》，《赵树理全集》第6卷，第479页。
③ 赵树理：《艺术与农村》，《赵树理全集》第3卷，第230~232页。
④ 赵树理：《文化与小伙子》，《赵树理全集》第1卷，第131、132页。
⑤ 赵树理：《在大众文艺创作研究会成立大会上的讲话》，《赵树理全集》第3卷，第358、359页。
⑥ 赵树理：《我的水平和宏愿——在全国文代会上的发言》，《赵树理全集》第3卷，第353页。

第一章 人民文学的典范：赵树理的文艺实践与理想

来。1954 年至 1955 年，通俗读物出版社成立时曾建议成立改编部，后未能成行。通俗文艺出版社停办后，赵树理曾与该社编辑提倡办通俗刊物，亦未能成行。① 赵树理和其友人的文艺大众化实践并未获得文艺界的普遍认同。通俗艺人和民间艺人亦抱怨未能获得理想的文化地位及经济待遇：文艺界歧视通俗文艺；在批评家"四面棍棒"下讨生活；稿酬低；出版社乱删乱改通俗作品。②

对于 1950 年代的文化界而言，最为困难的是如何挣脱旧的文艺传统和发明新的文艺范式的问题。1949 年后新的美学形式还未从表现新生活的文艺中发明出来。通俗化或大众文艺并不等同于完全采用民间形式与旧形式，也不等于无节制地使用口语。1941 年，赵树理已意识到旧形式对于表现新内容的"'拖住'的成分多，'提高'的成分少"。③ 1954 年，赵树理指出，"要让这些演员们穿上制服、推上自行车来扮演男女公务员，旧功夫一点也用不上，新功夫根本还不知道该怎么练，原因是这些生活还没有化入歌舞中——还没有人把这些生活集中为歌舞中的基本情调、基本动作，而歌舞应特有的化装、服装、道具、音乐等也没有本着这些生活发明出来。"④ 1955 年，赵树理坦然承认写旧人旧事容易"生活化"，而新人新事容易概念化。⑤ 尽管赵树理在乡村社会摸爬滚打多年，深谙农民的人伦日用，但在文学表现上亦未能提供与 1949 年后新时代变迁相匹配的一种新的文艺范式。赵树理小说的文学表现有源自"人民文学"的美学规范，亦有源自现代文学的美学传统；有立足于民间通俗文艺的写作立场，亦有立足于知识分子新文学的写作立场。他本身的混杂性为 20 世纪四五十年代的文学转折提供了自我想象的空间，尽管这种整体想象遮蔽了他自身的矛盾性、分歧性和独特性；而后者恰恰暗示了社会主义美学建构本身的困境。

---

① 赵树理：《回忆历史 认识自己》，《赵树理全集》第 6 卷，第 474~475 页。
② 木呆：《通俗文艺作家的呼声》，《二十世纪中国小说理论资料》第 5 卷，第 193~197 页。
③ 赵树理：《通俗化与"拖住"》，《赵树理全集》第 2 卷，第 99、103 页。
④ 赵树理：《我对戏曲艺术改革的看法》，《赵树理全集》第 4 卷，第 161 页。
⑤ 赵树理：《〈三里湾〉写作前后》，《赵树理全集》第 4 卷，第 383 页。

第二章　风景诗学的重构：沈从文的抽象抒情与困境

1949年后，沈从文在文坛的身影逐渐淡去。从1948年郭沫若《斥反动文艺》点名清算，到1949年自杀未遂，再到1952年新作《老同志》被退稿，以及1953年开明书店销毁旧作手稿及版型，诸如此类的事件，对沈从文而言，制造了种种人生烦恼；对后人而言，则为想象1949年后"自由主义"文人的文化境遇营造了黯淡基调。在此方面，具有代表性的研究有《午门城下的沈从文》等。[①] 它们所展示的沈从文是一个为文坛遗弃、友人冷落、领导压制的抑郁老人。而1949年后的沈从文的确没有多少动人的作品。这一事实往往被后人理所当然地视为沈从文搁笔的结果。而搁笔这一行为又反过来印证了沈从文所遭遇的不幸与不公。常为研究者所引用的是1948年沈从文写给两位作者的退稿信。在信中，46岁的沈从文居住在即将解放的北京城预言："过不多久即未被迫搁笔，亦终得搁笔。"因为社会分解、秩序重构，而自己已进中年，不易扭转用笔习惯。所谓扭转用笔习惯，是指过去自己写作从"思"出发，新时代需要从"信"出发。[②] 研究者由此得出的结论是，沈从文搁笔的原因在于坚持"从'思'出发"。而在社会价值重估下，这种用笔习惯失去了存在意义。这为沈从文的命运渲染了悲剧性色彩，也为"自由主义"文人谱写下一首文化挽歌。细细琢

---

① 陈徒手：《午门城下的沈从文》，《读书》1998年第10期，第30~39页。于继增：《艰难的抉择——沈从文退出文坛的前前后后》，《书屋》2005年第8期，第66~71页。
② 沈从文的《致季陆》（1948年12月1日北平）、《致吉六——给一个写文章的青年》（1948年12月7日北平），分见《沈从文全集》第18卷，北岳文艺出版社，2002，第517、518、519页。

第二章 风景诗学的重构：沈从文的抽象抒情与困境

磨这种论述，即可发现研究者选择某类史料，将之根据时间先后排列，并由此建立起因果关系，这种论证忽略了历史进程中多种材料、多元要素之间的角力。

就笔者目力所及，较早对1949年后的沈从文做系统研究的有钱理群和贺桂梅。他们将沈从文"搁笔"的原因上溯至1940年代，认为1940年代的文艺试验即已宣告其文学失败和创造力萎缩。持此观点的还有王晓明、叶兆言等。钱理群详尽探讨了沈从文1940年代后遭遇的文学困境，即"静"的文学方式与"动"的时代社会隔绝、脱离。"这是他的优势所在，也是他的限制：一旦脱离了这样的平静乡村人民生命，或者乡村生命的平静瓦解、消失，都会带来他创作的危机。"他还分析了1949年后的沈从文如何适应新社会且坚守自己的立场而形成其"新思想"，并以"抒情考古学"式的文物研究来化解危机并完成其文学家的形象。[①]

本章从沈从文作品魅力构成的两大因素——风景画的笔法和"抽象的抒情"入手，试图探索其旧有笔法与1949年后流行写法与想象模式之间通约和不可通约的症结所在。将自然景物应运于文学，我们可以将这种笔法置于中国现代文艺观念的发展流变与1950年代美学观念的重建过程中予以分析，发掘沈从文所谓的"旧笔法"何以为"旧"，以及置于何种语境中为"旧"。在此基础上，通过分析20世纪五六十年代沈从文的文学观念与政治理想，揭示社会主义文艺在"有情"与"事功"两种美学之间两难的真实处境。本章避免将沈从文文体与主流文学范式简化为压抑与被压抑的关系，对其处境做抽象化处理。就历史情境而言，沈从文亦是为时代所裹挟的见证者、亲历者、参与者。

一 "复笔"的困境：风景与抒情

需要澄清的是，沈从文并非在1949年后即"搁笔"。就个人而言，沈

[①] 钱理群：《1949年以后的沈从文》，王晓明、蔡翔主编《热风学术》第三辑，上海人民出版社，2009，第83~123页。

从文屡屡萌发重返文坛的意念。从其信件和日记等材料看，在 1949~1953 年、1955~1961 年间，几乎每一年他都有动笔的想法或实践。就外界而言，除了朋友的热心鼓励外，高层领导者也曾劝勉他重返文坛。1950 年 12 月，沈从文在从西苑革命大学政治学院学习结业前，小组长告诉他，上级组织希望其归队搞创作。1953 年 9~10 月，沈从文以工艺美术界代表的身份参加第二次全国文代会，其间中央领导曾鼓励他再写几年小说。当年 9 月，胡乔木来信表示，愿为沈从文重返文学岗位做安排；但沈从文踌躇不定，迟迟未回复。秋冬之际，胡乔木曾让严文井找沈从文商谈，约请他写 30 种历史故事（历史人物小说），并安排他重返文坛。① 周扬也曾力挺沈从文归队。1955 年 12 月 20 日，周扬提出可让沈从文先写些通讯特写之类作品；并认为这个作家值得改造。1957 年 2 月 17 日，贯彻"双百"方针期间，周扬还曾动员《人民文学》主编严文井请沈从文出山。沈从文应邀写稿，文稿发表于《人民文学》和《旅行家》杂志。② 面对上述机会与好意，沈从文最终还是决定继续留在文物研究岗位。总的来说，沈从文 1949 年后的文化处境并非完全糟糕。1953 年开明书店销毁沈从文旧作，是对其旧有文学成绩的否定，对他打击甚大。但 1957 年人民文学出版社又出版了旧作《沈从文小说选集》，首印 2.4 万册。在组织安排下，他还曾至井冈山、青岛、江西以及湖南等地考察疗养，收集写作资料。沈从文在文学上抱负重重却硕果不多。检视其中症结，需要追问沈从文的用笔方式与 1949 年后文艺美学范式之关系。

风景画的笔法，是沈从文文体的重要构成要素。沈从文常以在景中写人事的笔法来表现"常"与"变"的历史意识。他将人事、历史的变动安置在平静的自然背景中，以取得参差对照、错综动人之美。1947 年在讨论一个发生在草原庙宇中的边疆故事的写作时，沈从文建议，"就要从各种情形下（四季和早晚）作些不同风景画描写加入，这种风景描写且得每一幅用一不大相同方法表现。还得记住要处处留心，将庙中单调沉闷宗教气

---

① 沈从文：《我为什么始终不离开历史博物馆》，《沈从文全集》第 27 卷，第 242、243、248、249 页。
② 吴世勇编《沈从文年谱（1902~1988）》，天津人民出版社，2006，第 369、385 页。

第二章　风景诗学的重构：沈从文的抽象抒情与困境

氛和庙外景物鲜明对照"。写女人由病而疯时，他认为"仅写本人难见好，不如把本人放在外景中，好好布一场草原外景，用黄昏和清晨可画出两幅带音乐性景物画，牛羊归来和野花遍地，人在这个风景下发疯，才和青春期女性情绪凝结相切合"。全部故事中点缀外景和内景，插入小景小人事，"故事即可在动中进行"。① 这实为沈从文创作的自我写照。1934年，沈从文写《湘行散记》时即试图"用屠格涅夫写《猎人日记》方法，揉游记散文和小说故事而为一，使人事凸浮于西南特有明朗天时地理背景中"。1947年，他仍希望于乡村抒情中，在卢焚、艾芜、沙汀等作家的文体实验以外，自成一体，将传奇性与现实性发展下去。② 后来的研究者基本上依循沈从文自报家门的这一线索来概括其创作的独特性。比如，夏志清曾用西洋文学的文体"牧歌体"（pastoral prose）来概括《边城》的特色。王润华、聂华苓与夏志清都注意到《边城》具有山水画的特质。王晓明亦用"沈从文文体"来概括这一写法。

　　关于自然描写，20世纪初的现代文人大多避开中国文艺的山水传统，而将之置于西方文艺现代化历程的脉络中予以讨论。朱光潜认为，中国似为最早应用自然景物于艺术的国家。《诗经》与古代图画中将自然作为背景或陪衬，乃属于"兴"的手法："'兴'就是从观察自然而触动关于人事的情感。"晋唐之后，赞美自然才成为时尚。相比之下，西方古典文艺中描写自然景物的较为稀少，爱好自然始于卢梭，并为浪漫主义作家所提倡推动。③ 但1920年代的中国现代文人往往将描写自然视为现代小说技法之一。郁达夫、老舍等人均将自然风景视为小说背景之一。而背景成为小说的重要构成元素，又被视为西洋小说近代化的产物。郁达夫写道："中世以后，十八世纪以前的那些作家，虽对于背景稍稍留意，然而也不过是一种作品中的装饰而已。十八世纪的后半叶和十九世纪以后，小说的背景就和小说的人物、事件一样的重要起来了。"④ 卢梭，被现代中国文人视为

---

① 沈从文：《一个边疆故事的讨论》，《沈从文全集》第17集，第464页。
② 沈从文：《一首诗的讨论》，《沈从文全集》第17集，第461、462页。
③ 朱光潜：《文艺心理学》，开明书店，1936，第133页。
④ 郁达夫：《小说论》，《二十世纪中国小说理论资料》第2卷，第444页。

写自然的开风气者。郁达夫认为，"小说背景的中间，最容易使读者得到实在的感觉，又最容易使小说美化的，是自然风景和天候的描写。应用自然的风景来起诱作中人物的感情的作品，最早的还是卢骚的《新爱洛衣时》（The new Heloise, 1760）。"① 瞿世英说："近百余年来，在西洋小说里，风景成为极重要的元素。自卢骚的'New Heloise'出现后，便引进一种新势力来。山川湖泊均成为小说中主要部分。"② 1920 年代，中国现代文人已明确将自然风景视为小说中人物情绪与心理的陪衬、衍生、补充。六逸指出，描写自然的方法称为写景，"其实就是描写自然 nature 和心理之有机的关系"。③

1930 年代，随着对于西洋文艺的深入了解，风景描写在文艺作品中的独立性与自主性被逐渐凸显出来。在老舍看来，爱伦·坡等人的小说中，"背景的特质比人物的个性更重要得多。这是近代才有的写法，是整个的把故事容纳在艺术的布景中。有了这种写法，就是那不专重背景的作品也会知道在描写人的动作之前，先去写些景物，并不为写景而写景，而是有意的这样布置，使感情加厚"。④ 因此，老舍指出写作要预设好景物的文学功能：背景为人与事的故事真实而设；人与事只为做足背景的力量而设。⑤

1940 年代，中国现代文人的风景观又有新变，文艺作品中人与景、人事与意境彼此亲和而独立的关系被重新审视。何其芳的《夜歌（二）》（1940），"我总是把自然当作一个背景，一个装饰，/如同我有时在原野上散步，/有时插一朵花在我的扣子的小孔里，/因为比较自然，/我更爱人类。//我们已经丧失了十九世纪的单纯。/我们是现代人。/而且我要谈论

---

① 郁达夫：《小说论》，《二十世纪中国小说理论资料》第 2 卷，第 445 页。
② 瞿世英：《小说的研究》（中篇），《二十世纪中国小说理论资料》第 2 卷，第 261 页。
③ 六逸：《小说作法》，《二十世纪中国小说理论资料》第 2 卷，第 199 页。瞿世英指出，卢梭、狄更斯、乔治·艾略特、哈代、托尔斯泰、屠格涅夫都注意到写风景："这种自然描写不但使我们面前涌起极精细美丽的图画，更使我们确实了解其中的人物与其动作。"瞿世英：《小说的研究》（中篇），《二十世纪中国小说理论资料》第 2 卷，第 261 页。
④ 老舍：《景物的描写》，《二十世纪中国小说理论资料》第 3 卷，第 430 页。
⑤ 老舍：《景物的描写》，《二十世纪中国小说理论资料》第 3 卷，第 431 页。

第二章 风景诗学的重构：沈从文的抽象抒情与困境

战争。"[1] 何其芳试图以文学重建对于世界的新认识或新把握。他拟设了一个自然与人类、古典与现代、梦想与事务、自我与超我相对立、有等差的世界。自然风景被还原为现实事功的装饰。早在 1939 年，徐迟在《抒情的放逐》中即写下："自人类不在大自然界求生活，而恋爱也是舞榭酒肆唱恋爱的 overture 以来，抒情确已渐渐见弃于人类。""也许在流亡道上，前所未见的山水风景使你叫绝，可是这次战争的范围与程度之广大而猛烈，再三再四地逼死了我们的抒情的兴致。"[2] 在徐迟那里，一方面，自然与抒情相关。但现代文明是以人类生活逐渐独立于自然界为特征的，以现代生活为对象的现代诗歌逐渐放逐了抒情。另一方面，抒情与战争无缘。战争的残酷摧毁了闲情雅致，而抒情需要一个安稳的底色。

自然风景书写因与个体、抒情的亲密关系而被战争中的徐迟、何其芳所放逐，而沈从文却固执地将之浸入"抽象的抒情"之中予以表现。风景画式的笔法不仅仅是背景营造，它本身还蕴有沈从文对待自然独特的美学态度和文学追求。如果说 20 世纪二三十年代，他对待乡土自然是"混合了真实和幻念，而把现实生活痛苦印象一部分加以掩饰，使之保留童话的美和静"[3]，那么 1940 年代的部分作品已经充盈着对生命形式与自然造化的诗性思索——即"抽象的抒情"。比如，《赤魇》（1945）、《雪晴》（1946）、《巧秀和冬生》（1947）、《传奇不奇》（1947）写巧秀及其母亲两代女性生命的荣枯兴败，其动人程度不亚于《边城》（1934）。不同的是，上述小说中都活跃着青年画家或诗人的身影。小说在多重维度上展开：一方面是"我"或"我们"（画家或诗人）迁徙西南边区沿途所见的当地人事；一方面是"我"或"我们"对于文艺之于现实再现的限度的困惑。后者对小说中的故事叙述构成一种统摄，这种统摄是以反作用力的形式在文本中进行。直面现实（人、景、物）的生命之美时，所有的媒介（声、色、文）不得不以沉默而告退。关于"大美"，老子曰，"大方无隅，大器晚成，大音希声，大象无形。"（《老子》）庄子则曰，"天地有大美而不

---

[1] 何其芳：《何其芳全集》第 1 卷，河北人民出版社，2000，第 344 页。
[2] 徐迟：《抒情的放逐》，《顶点》第 1 卷第 1 期，1939，第 50、51 页。
[3] 沈从文：《一个人的自白》，《沈从文全集》第 27 卷，第 14 页。

言"(《知北游》)。沈从文对生命形式与自然造化的思索包含着对自身一贯坚持的文体实验及自我身份认同(以文学作为生存形式本身)的反省。《虹桥》(1946)中,画家李粲于1940年代因战事流亡到云南边区。大雪山下自然景物的壮伟、色彩变化的复杂,使他放弃绘画的念头:"想继续用一枝画笔捕捉眼目所见种种恐近于心力白用"。于是,他以文字代替色彩描绘见闻,但不久又发现文字的限度。最后,他转向研究在此自然背景下生存的人们的爱恶哀乐与宗教信仰。当山冈松树林间"飐起"素色霓虹,"四个人都为这个入暮以前新的变化沉默了下来,尤其是三个论画的青年,觉得一切意义一切成就都失去了意义"。①《赤魇》的副标题是"我有机会作画家,到时却只好放弃了"。小说中,十八岁的"我"(司书)被调回家乡整理书画。一路上就自然景物与心中画作相对照,或赏玩于自然手笔合作之处,或敬畏于自然大胆超于画人巧思之处。而当"我"坐在村中大院落的新房中吃喜酒时,"这一来,镶嵌到这个自然背景和情绪背景中的我,作画家的美梦,只合永远放弃了"。②清早席间又听说清亮无邪的巧秀与人私奔,在情绪集中的一刹那意识到,"我再也不能作画家"。③其他小说如《看虹录》(1943)、《摘星录》(1942)等也都涉及文字或绘画本身作为媒介的困顿问题。天地之间有大美,沈从文体悟到艺术心力之于大美的有限性,转而诉诸具有超越感官的宗教或信仰。

1949年后,现代风景文艺观随着以西洋小说为正格之观念的破除而被重新修正。1956年茅盾在《关于艺术的技巧》中指出,"一段风景描写,不论写得如何动人,如果只是作家站在他自己的角度来欣赏,而不是通过人物的眼睛,从人物当时的思想情绪,写出人物对于风景的感受,那就会变成没有意义的点缀。"④茅盾不仅规定了风景的观看主体、表现方式,还明确了风景的文学功能。1958年茅盾指出,"环境描写应当不是摆样

---

① 沈从文:《虹桥》,《沈从文全集》第10卷,第398页。
② 沈从文:《赤魇》,《沈从文全集》第10卷,第406页。
③ 沈从文:《雪晴》,《沈从文全集》第10卷,第414页。
④ 茅盾:《关于艺术的技巧——在全国青年文学创作者会议上的报告》,《二十世纪中国小说理论资料》第5卷,第159、160页。

第二章 风景诗学的重构：沈从文的抽象抒情与困境

的——不是镜框子"；环境描写应为写景兼抒情，与故事发展有机结合，对人物性格有烘托作用。① 而风景必须通过作品人物的视角来予以呈现，是基于文艺模仿现实的艺术理念。它试图通过淡化作者的主体色彩最大限度地营造文学的真实性。同时，它也暗示当时人们拥有认知世界、把握世界的普遍信念。与此形成鲜明对照的是卞之琳的《断章》（1935年10月）。"你站在桥上看风景，/看风景的人在楼上看你。/明月装饰了你的窗子，/你装饰了别人的梦。"② 看风景的"我"与风景与他人，彼此相对又彼此关联。《断章》写出了现实世界中主体与客体、你与我，互为对象又各自独立的相对相生之美。

1950年代茅盾的风景观与民间文艺的写景笔法不谋而合。赵树理指出，常见的小说是把叙述故事融化在描写情景中的，而中国评书式的小说则是把描写情景融化在叙述故事中。比如，《三里湾》开篇写马家院时，省略了景物和人物外观的描写。理由是这样对于了解马家的影响也不大，而且可以为读者节约多读几百字的时间。③ 在1950年代的文艺风景观中，中国传统文学与外国翻译文学、民间文艺与新文学等多重文化资源重新组合。"看得懂"成为当时评价文艺价值高低的重要标准，而看的主体往往限于"工农兵"。这种基于事功的文学观与沈从文所追求的人生与风景的综合再现的创作观存有分歧。

但至少在1951年，沈从文仍然继续以1949年前的风景画笔法进行创作。1951年，沈从文参加四川土改，曾计划写五十个川行散记故事。如同《湘行散记》乃根据1934年返乡途中写给张兆和的信件整理而成，1951年他在参加土改沿途给家人的信件亦可连缀为川行散记。信件中有文字描绘，也有景色速写。比如，1951年11月19日至25日，沈从文在内江致张兆和的信中，写自己饭后独自走走的所见所感。古典的村市社会与现代的土改组合成奇异的历史画卷。人活在历史中，活在自然背景中。如此伟

---

① 茅盾：《谈最近的短篇小说》，《二十世纪中国小说理论资料》第5卷，第279、280页。
② 卞之琳：《卞之琳文集》上卷，安徽教育出版社，2002，第29页。
③ 赵树理：《〈三里湾〉写作前后》，《赵树理全集》第4卷，第381页。

大而又平常的变动令沈从文感动不已。沈从文置身其间，创造心恢复。①他从这种调和的对照中看到的是生动活泼和新鲜离奇。沈从文对沿途所见的山水景物和人情世相感触极深。不同于湘西沅水的秀俏透明，四川的山峡江水犷悍壮美，山村风景雄秀耀目。它们与人事发展相衬托、融合，都可谓漂亮之作。山村保存着太古的作风，纤夫乡人的生活方式保留着千年以前的形式，但这个世界又在有计划的变动中。这种动与静、常与变自然契合为一个整体。

川行散记贯穿着沈从文特有的历史意识，即将人与景、人与人的关系置于变与不变之中予以考察。但作品的情感基调和作家心态已经发生变化。反观沈从文1930年代的作品《边城》《湘行散记》《长河》等，即可见出其新旧时代的创作差异。《边城》开篇即是不俗："一条官路"、"一个地方"、"一小溪"、一白塔、"一户单独的人家"、"一个老人"、"一个女孩子"、"一只黄狗"。人与物、自然与空间，排列地极有秩序。短短几行字，轻盈地勾勒出一副幽眇、庄重的水墨画。"一"字，写出了边城中人性的纯粹与伦常的恒定。渡船老人淳厚本分，翠翠的父母豪勇刚烈，翠翠天真懵懂。沈从文所要表现的正是他们"优美，健康，自然，而又不悖乎人性的人生形式"。②"一"字，也写出了边城的寂寞。边城地处湘西边境，是远离中原世界和现代文明的异质空间。正是这种单纯与独行处处潜伏着忧患的暗影。边城的图景绝非一派怡然，通体澄明。翠翠父母的爱情悲剧早已暗示着随时降临的险恶命运。在小说的结尾处，白塔轰然坍塌、老人悄然离世、倾慕者或英年早逝或远走他乡。翠翠在人世间的因缘巧合与误会龃龉中恍然间步入成人世界。整个小说的忧郁格调恰恰蕴藏在爱与美、纯真与安稳的幻灭之中。沈从文冀望由此重铸民族品德，"认识这个民族的过去伟大处与目前堕落处"。③ 在此意义上，《边城》在乡土风景与自然人伦中展示人性人情，在"常"与"变"中体悟中国现代化的艰难进程。边城往事因此成为现代中国知识

---

① 沈从文：《致张兆和》（1951年11月19~25日），《沈从文全集》第19卷，第177页。
② 沈从文：《习作选集代序》，《沈从文全集》第9卷，北岳文艺出版社，2002，第5页。
③ 沈从文：《〈边城〉题记》，《沈从文全集》第8卷，北岳文艺出版社，2002，第59页。

第二章　风景诗学的重构：沈从文的抽象抒情与困境

者面对世界进行自我体认、国族想象的一种文化资源。

《湘行散记》所涉人与事皆十分广阔。就人而言，有吊脚楼上唱小曲的妇人、翻船背运的老水手、贩卖烟土的跛脚伤兵、骨瘦如柴的屠户、懂人情有趣味的老朋友等。就事而言，沈从文阅历了湘西底层的种种人生式样及其变故。他要将这些人与事组合为一种历史，与传统"相斫相杀"的政治史并驾齐驱。与其勃勃雄心相匹配的，是那一副有胆量、有气力的笔法。《湘行散记》中，沈从文常常铺开来写，以轻松、幽默、开阔的笔调勾勒哀乐人生。诸如《桃源与沅洲》中述及妓女生老病死的长句，读来有硬朗朗的气概。这自然得益于沈从文大刀阔斧，一气呵成的文笔。本可细细敷陈的材料经过他一番杀伐决断的处理，皮实劲道。但这并不意味沈从文在文字功夫上的偷懒省劲。即使在口语化的文字中，他依旧要调遣个阵势出来。如"距常德约九十里，车票价钱一元零"。① 总体而言，《湘行散记》笔法疏阔，文字虽有时气魄动人，却并不规整纯粹。沈从文似欲将这些纷杂人事皴揉进湘西苍莽的山水中。这种文字不同于饱满怡人、柔和细腻的《边城》，它代表着沈从文文体上的另一格。

《湘行散记》更为直接地呈现了沈从文的历史观及其困境。一方面，沈从文在乡人千年不变的生存格式中看到人生的苦味、历史的惰性。另一方面，他不忍甚至自觉"不配"干扰他们自在的生命状态。他们庄严地担负生存的艰辛，在疲乏的人生中养育无从拘束的心。这份神圣与豪爽自然是现代城市文明所匮乏的。而沈从文的历史意识恰恰是他离开湘西，成为现代知识人的结果。"我有点担心，地方一切虽没有什么变动，我或者变得太多了一点。"② 困扰沈从文的不仅在于其自我身份的含混性，还包括其文化理想自身的不完整性。沈从文重造历史的方案为：或激发起乡人对于未来的惶恐，将其娱乐上的狂热转向历史创造；或让堕落民众溃烂到底而后新生。然而一涉及如何改造，怎样激发，由谁承担等现实问题，沈从文无力或无意深论之（《箱子岩》《辰河小船上的水手》）。

---

① 沈从文：《桃源与沅洲》，《沈从文全集》第 11 卷，北岳文艺出版社，2002，第 235 页。
② 沈从文：《一九三四年一月十八》，《沈从文全集》第 11 卷，北岳文艺出版社，2002，第 253 页。

《长河》是沈从文创作中极具现实感的长篇之作。小说通过琐细人事展现了辰河中部的吕家坪在社会剧变、连连内战下的现实遭遇。沈从文显然不愿夸大五四以来思想解放对于吕家坪内部新陈代谢的作用。闹家庭革命与社会革命的子弟对乡下人并不构成多少影响。因为他们大多数安身立命于田园生产和神明禁忌。相反,来自外部的忧患才是破坏地方自然生存状态的主力军。这种忧患既包括消费商品、生产机器的涌入,也包括大小内战、各路势力的侵蚀,还包括乡人的思想信仰、人伦关系的重塑。沈从文的独到之处在于发掘了新与旧、常与变、内与外,以及地方与中央相反相成、错综复杂的关系。我们从各式新词语在吕家坪的漫游历程即可管窥一斑。一方面,诸如"工程师""新生活""革命""化验""显微镜"等新词伴随着现代传媒(《申报》)、政治运动以及地方统治集团等"下放"到吕家坪。这些新词在你方唱罢我登场的政治风云中轮番登上乡村舞台。但是清朝的"督抚"到了民国无论变成了"都督"还是后来的"省主席",乡下人总做不了主。吕家坪在政治风云变来变去中总只有出钱的份,钱出来出去中也没有变好。这才是动中之静,变中之常。另一方面,这些新词经过似通非通、道听途说的挪植、误用,微妙地潜入乡人的日常生活。他们不知不觉中凭依这些新词思考、表达对于社会政治的看法,构想将来的光景,建构起其不同于城里人的身份认同,比如,"新生活"。这个新词虽然面目不清、令人惶惑,却自始至终穿梭于乡人的戏谑、劳作和憧憬中。

《长河》中乡人萌发的当家做主的民治主义政治理想代表了一种不同于萧萧、柏子、翠翠等的湘西生命形式。它标志着沈从文的湘西以世居民族立场取代了先前《边城》中单一的苗族立场。[1] 而《长河》的文化意义还不止于此。这湘西一隅的故事在沈从文看来还有着认识、分析现实中国的普遍价值:"这些类似的问题,也许会在别一地方发生。"[2]

如果说,《边城》茶峒天宇澄明,惆怅已如暗影绰约浮动。那么,《长

---

[1] 凌宇:《沈从文创作的思想价值论——写在沈从文百年诞辰之际》,《文学评论》2002年第6期,第3页。

[2] 沈从文:《长河·题记》,《沈从文全集》第10卷,北岳文艺出版社,2002,第7页。

第二章 风景诗学的重构：沈从文的抽象抒情与困境

河》中吕家坪的整体图景则切切实实地被安置于畏怯与苦痛之中，长顺家的田园风光与和美生活皆遭人垂涎。沈从文的湘西世界或懵懂于过去与现在、田园牧歌与现代文明之间的骤然急转中；或清醒意识到现代悲剧命运和未来走向，世代相袭的生存方式已危在旦夕。沈从文流连于湘西社会千百年不变的普通百姓的素朴生活方式，和他们在困顿与贫乏中保有的勤劳品质、善良人性。新旧中国儿女的生命形式具有某种共通性。1951年川行书信中有一个贫困却为朝鲜战争捐献兔子的乡人。她和三三、萧萧、翠翠一样善良、素朴和单纯，对一切充满了爱与理解。不同处在于，此时"在土地变化中却有了些新的内容"。1951年的沈从文要以那个捐献兔子的一类乡人为书写对象，"这个人已活在我生命中，还必然要生活在我的文字中。我一定要为她们哀乐来工作的，我的存在才有意义"。① 这些文字忧郁色彩不再，更多泛滥的是历史的启示和感动，是调和与伟大的映照。

1951年川行散记的用笔习惯很快受到了沈从文的自我质疑。1952年，沈从文发现须将过去作风景画式的写法放弃，就乡村人事关系做一些新的实验，才可能产生一些真正新的东西。自然风景画的旧习，"本来是一种病的情绪的反映，一种长期孤独离群生长培养的感情，要想法来修正来清理的。新的工作重要是叙事"。他认为《雪晴》，"即写它，还不免如作风景画，少人民立场，比《湘行散记》还不如"。要从人民立场看，对小说中的事件从新的观点来完成。② 1950年代的沈从文已经自觉到风景画的笔法在当时已经失去效力。笔法的变革源于表现对象与当时文艺观念的刷新。那么，"变"在哪里？如何"变"？

1950年代中后期，沈从文对于自然景物的美学态度与再现方式都有所调整。如1956年的《春游颐和园》，旨在整理个人游园经验，给游人作参考。全篇以导游者口吻展开，把颐和园分成五个大单元，依次介绍景观印象。文章细腻动人，不仅来自作者对颐和园及其历史了如指掌，更来自其对美的感受体贴入微。他能发现种种不同的路径和角度去观赏某建筑的格

---

① 沈从文：《致张兆和》（1951年11月19~25日），《沈从文全集》第19卷，第175页。
② 沈从文：《致张兆和》（1952年1月24日），《沈从文全集》第19卷，第310、313页。

局，体会设计者的匠心独运。风景描写寥寥几句，语言洗净铅华。整篇散文淡化了作者的主体色彩，只偶尔浮现那颗丰富细密的心灵。1957年的《新湘行记——张八寨二十分钟》，写作者途经张八寨的二十分钟，仿佛置身于多年前笔下描绘的湘西世界。那里有码头、渡口、小船、崖壁、平滩、竹子、溪水，以及溪水上的鸭子和渡船上的姑娘。就人而言，那个摆渡的女孩子与翠翠同是在青山绿水中长成青春生命，"不同处是社会变化大，见世面多，虽然对人无机心，而对自己生存却充满信心。一种'从劳动中得到快乐增加幸福'成功的信心"。① 她一面劳作，一面憧憬未来评上劳模进京。生命形式因此有了单纯、永远向前的诗性光辉。就自然而言，景物依旧，但不再以"野渡无人舟自横"的自然本色示人。对于竹木，沈从文集中于其对支援祖国工矿和修建铁路的"用处"着笔。虽然沈从文谙熟湘西世界的景物人事，但如今他们的生命发展和生存形式却又如此不同。1963年的《过节和观灯》，写端午节与观灯的来历及仪式，以"由物证史"的方式考究物质文化史和工艺图案发展史。结尾部分又写到当下观灯之景——十三陵水库大坝落成前夕和井冈山山区建设四周年纪念之际的夜景。"社会不断前进，而灯节灯景也越来越宏伟辉煌，并且赋以各种不同深刻意义。"② 文物考古下的旧风俗画与亲临目睹的自然改造奇妙组合在一起，令人感叹新政权移风易俗之效力。

总体来说，由于目标读者转向工农兵，文学拟想的接受形式由写—读转向说—听。1949年后的文艺在美学风格上出现了叙述事功重于抒情言志的倾向。面对新人新景，沈从文的风景画或风俗画笔法需要放逐"抽象的抒情"，转向事功的叙述。1951年沈从文拟写四川土改故事，以《李有才板话》为典范，为人民翻身服务。③ 描写四川的土改生活和乡情民俗是对其旧有抒情笔法的挑战。沈从文认为，云南、湖南、贵州苗区生活都有抒情气氛，而四川过分发达了语言的能力，即发展了词辩能力、说理叙事能

---

① 沈从文：《新湘行记——张八寨二十分钟》，《沈从文全集》第12卷，第315页。
② 沈从文：《过节和观灯》，《沈从文全集》第12卷，第351页。
③ 沈从文：《致沈龙朱、沈虎雏》（1951年10月31日），《沈从文全集》第19卷，第134页。

第二章　风景诗学的重构：沈从文的抽象抒情与困境

力。这种乡村文化用戏剧比用小说来表现更生动，但外乡人处理此题材因缺少共通性而有困难。①1951 年 11 月，沈从文检视自己创作上的优缺点："也测验得出，素朴深入，我能写，粗犷泼辣，还待学习。写土地人事关联，配上景物画，使人事在有背景中动，我有些些特长"，"至于处理人事机心复杂种种，我无可为力"。②沈从文试以新知写旧事，继续 1940 年代的写作计划。它包括"十城记"、《雪晴》、"张璋事迹为题材的一部小说"。1951 年 12 月，沈从文拟将参加土改的认识和过去三十年来的乡村印象相结合，完成"十城记"中的几个故事，并自信能够达到一个新水准。③1952 年 1 月，沈从文还拟修正《雪晴》前五节"立场不妥处"。他自信满家的事是最具斗争性的故事，写来一定成功。④故事是沈从文创作计划的核心，但叙事恰恰是其弱项。

二　审美的困境：风景与美学

1949 年后，沈从文的散文已经触及了两种再现自然的笔法。一类写景笔法，可概括为美在自然本身，即淡化主体色彩，美者自彰。这类写景方式重在描绘风景的自然属性。它对待自然的美学态度，可与蔡仪的自然美在于其自然属性相呼应。比如，碧野的《天山景物记》（1956）以导游者的口吻单纯叙说天山丰美的自然景物。端木蕻良的《香山碧云寺漫记》依据游览线索，引经据典地说明或品鉴碧云寺的格局、建筑，以及香山寺的历史等。钦文的《鉴湖风景如画》（1956）写自己在绍兴鉴湖上踏船赏玩景致、怀古吊古。这类散文常杂有忆古思今、感怀当下的片段。《鉴湖风景如画》的结尾写道："如今鉴湖风景给我优美的印象是使我念念不忘的了。'静观万物皆自得'；原来在旧社会，我迫于生计，一直匆匆忙忙，没

---

① 沈从文：《致张兆和、沈龙朱、沈虎雏》（1951 年 12 月 12~16 日），《沈从文全集》第 19 卷，第 221、222 页。
② 沈从文：《致张兆和》（1951 年 11 月 19~25 日），《沈从文全集》第 19 卷，第 170 页。
③ 沈从文：《致张兆和》（1951 年 12 月末），《沈从文全集》第 19 卷，第 259 页。
④ 沈从文 1946 年写完小说《雪晴》。该小说与之后的《巧秀与冬生》等系列小说，是根据沈从文好友满叔远家中之事写成的。吴世勇编《沈从文年谱（1902 – 1988）》，第 276 页。

有好好地安静过心境。"① 无论是何种观景方式，都可从时代精神中获得文化合法性。

另一类写景笔法，可概括为美在人与自然的实践关系。这类写景方式主要呈现自然景观被人类实践征服与"异化"的一面。这类对待自然的美学态度，可与李泽厚的自然美在于其社会属性相呼应。比如，杨朔的《京城漫记》通过游历改造后的陶然亭、紫竹院、龙潭来写新旧北京之变化。魏钢焰的《宝地 宝人 宝事》（1958）写老刘"大跃进"中修水利："他敞开衣襟，迈开大步，那么自信豪气地走着。树向他弯腰，山向他低头，河水为他让路！这旗手，手执着党交给他们的红旗，复卷着这几十峰高山！"② 山水自然成为人类创造力的见证。叶圣陶的《游了三个湖》（1955）写玄武湖、太湖、西湖的游记，但关注点不在湖光山色而在其用处。比如，写西湖的疏浚工程调节气候、改善民生。又写湖上建立工人疗养院和机关干部疗养院。这类作品的景色描写旨在衬托人，表现人对自然与边疆的工业化开拓。如刘白羽的《从富拉尔基到齐齐哈尔》（1958）写齐齐哈尔的工业区富拉尔基，写梅里斯区青年集体农庄及富拉尔基大工厂区的夜景等。

这类作品中，自然风景与生态环境的观照完全让位于工业景观的震撼："但对于在这儿开过荒破过土，滴过一滴汗水流过一点心血的人来说，第一次说：'烟囱冒烟了！'这简直是一句最美的诗。严寒过来了，暴雨过来了。看哪，机器在转动，烟囱上冒出第一缕烟。那一刹那，有多少快乐的泪珠滴在自己的心里啊！感谢那些开天辟地、披榛斩莽的英雄们！"③《建国十年文学创作选》（1959）散文卷中，地域风景超越了内地范围到达边远地区，这种天地的扩展正是人类实践的见证。严文井在序言中指出，"我们还看到了许多十年前根本不存在的城市。我们就经过许多十年前根本不存在的铁路、公路，或航空线到达了那些地方。我们的许多散文是写

---

① 钦文：《鉴湖风景如画》，社会科学院文学研究所当代文学研究室编《散文特写选（1949~1979）》，人民文学出版社，1980，第395页。
② 魏钢焰：《宝地 宝人 宝事》，《散文特写选（1949~1979）》，第668页。
③ 刘白羽：《从富拉尔基到齐齐哈尔》，《散文特写选（1949~1979）》，第632页。

第二章 风景诗学的重构：沈从文的抽象抒情与困境

得这样富有色彩，这样善于表现各个地方的风土人情。"①

沈从文散文中风景笔法的新变与新时代自然景物的文学再现方式和自然审美理念的转变有关。它包括如何看待、欣赏以及再现自然的问题。1956 年至 1957 年的美学大讨论涉及自然的审美问题。其时，多数美学家将美分为自然美、社会美和艺术美。这种分类范式不仅暗示了三者共享美的特质，也暗示了美的界定要满足分类所基于的理论假设。美的定义可为艺术创作和批评的原则提供理论支撑。这些原则与创作者对于自然的美学态度以及批评家的评价标准相呼应。上述美学问题彼此关联、互相牵制。在对待自然的美学态度方面，本章将美学家的理念探索与文学家的创作实践相对照，试图从中发现 1950 年代的审美趋向及其由来。

1936 年朱光潜在《文艺心理学》中从美感经验的角度界定美。他认为美感经验是欣赏自然美或艺术美时的心理活动，而分析美感经验是美学的最大任务。② 美感经验是"形相的直觉"；而"形相"是"观赏者的性格和情趣的返照"。因此美感经验也随人随时随地而千变万化。朱光潜继承了克罗齐"艺术即抒情的直觉"的观念，认为艺术是情感表现于意象："情感与意象相遇，一方面它自己得表现，一方面也赋予生命和形式给意象，于是情趣意象融化为一体，这种融化就是所谓'心灵综合'。"在朱光潜看来，直觉想象、创造、艺术、美都是"心灵综合"作用的别名。③ 1956 年，朱光潜以意识形态代替美感经验来界定美。而他所理解的意识形态只是从阶级和社会的角度来命名的个体性格情趣观念的集合。"美是客观方面某些事物、性质和形状适合主观方面意识形态，可以交融在一起而成为一个完整形象的那种特质。"④这里的"交融"与先前的"心灵综合"、"情趣意象融化"实有异曲同工之处。1956 年李泽厚批评朱光潜，"即使承认了美是不依存于个人的直觉情趣，但却认为它依存于社会的意识、社

---

① 严文井主编《建国十年文学创作选·散文特写》，《序言》，中国青年出版社，1959，第 6 页。
② 朱光潜：《文艺心理学》，第 3、4 页。
③ 朱光潜：《文艺心理学》，第 13、162、163 页。
④ 朱光潜：《论"自然美"》，伍蠡甫主编《山水与美学》，上海文艺出版社，1985，第 19 页。

会的情趣,就仍然不是唯物主义。"他认为社会意识和情趣是主观的,构成的是美感的社会性,而不是美的社会性。①

关于艺术中的自然再现,朱光潜在《文艺心理学》中指出,"中国人对待自然是用乐天知足的态度,把自己放在自然里面,觉得彼此尚能默契相安,所以引以为快。"西方理想主义和自然主义都承认自然中本来就有"美",艺术美是自然美的拓本。一类是艺术"模仿自然"全体,以自然主义、写实主义为代表。另一类是"艺术模仿自然的共相",以理想主义为代表。古典艺术中,理想派艺术占据主导,忽略个性而侧重类型。近代浪漫主义和写实主义兴起后,艺术逐渐转向探险人类心灵的精深微妙。② 一方面,朱光潜承认艺术美是美学意义的美,自然美是"雏形的起始阶段的艺术美";另一方面,最伟大的艺术家也会苦恼不能完全表达自己所见的形象。③ 朱光潜的美学理论体系基于美感经验和直觉意识,经过意识创造的现实世界的形象才属于美的对象的范围。也就是说,美被限定在直觉经验可达的世界的边界以内。

另一个有代表性的美学家是蔡仪。他认为美是客观的,美的观念是客观事物的美的反映。"美的观念虽随着人的主观性而往往不同,但是美却不是随着人的主观性而各有不同的美。"④ 朱光潜与蔡仪的分歧在于两者对人类意识活动有不同的认知。朱光潜的美学理论是基于德谟克里特(Democritus)和康德等的精神现象三分法,即将精神现象分为知、意、情,以理论理性为知,知的极致是真;以实践理性为意,意的极致是善;以判断力为情,情的极致是美。在朱光潜看来,美不同于真与善。它们分别是科学、伦理、美学的研究对象。而蔡仪反对上述三分法,认为一切意识活动都是以知——认识为基础,情与意均以知为基础。而一切客观存在则以真为基础。1947年蔡仪的《新艺术论》即在"知"/"真"之上建构其美学

---

① 李泽厚:《美的客观性和社会性——评朱光潜、蔡仪的美学观》,文艺报编辑部编《美学问题讨论集》第二集,作家出版社,1957,第35页。
② 朱光潜:《文艺心理学》,第133~139页。
③ 朱光潜:《论"自然美"》,伍蠡甫主编《山水与美学》,第24页。
④ 蔡仪:《论美学上的唯物主义与唯心主义的根本分歧——批判吕荧的美是观念之说的反动性》,文艺报编辑部编《美学问题讨论集》第二集,第193页。

第二章　风景诗学的重构：沈从文的抽象抒情与困境

理论。他将"知"/"真"分为两种：一种以抽象概念为基础的理论的"知"；一种以具体概念为基础的形象的"知"。后者与美有关。但一切具体的形象的真并不都是美的。那么到底什么是美呢？蔡仪使用了排除法来予以说明：美的对立面是丑，而丑是反常的、特异的，因此"所谓美，就是最正常的，最普遍的"。这种普遍性被蔡仪概括为"典型性"。蔡仪将客观现实分为自然和社会两个范畴：自然范畴，"决定典型的典型性的主要是种属条件"；社会范畴，"决定典型的典型性的是阶层的条件"。[①] 蔡仪认为美的观念的发生如同艺术家的典型创作过程。通过主观精神的抽象和具象作用，抽取同类现实的一般属性条件而构成的一种形象，即为此类东西的美的观念。一旦遇到适合这一美的观念的典型的形象，即产生了美感。[②] 曹景元认为，蔡仪从康德的"从属美"与黑格尔的"假象美"颠倒过来得出美是典型，是建立在唯物主义基础上的形式主义美学。曹景元援引车尔尼雪夫斯基的观点批判"典型说"的弱点：未能说明"事物和现象的法规秩序本身分成美的和看不出美的两种"；也不能解释同一种类中美的多样性问题。[③] 朱光潜批评蔡仪将美或典型归结为不依存于社会的自然属性或条件，将美视为脱离美感而独立存在的绝对概念，"是柏拉图式的客观唯心论"。[④]

李泽厚将美的研究由朱光潜的"美感经验"转向美感的客观基础——"现实美的存在"。他区分了美感的社会性与美的社会性，"美感的社会性（社会意识）是派生的，主观的，美的社会性（社会存在）是基元的，客观的"。[⑤] 美感兼有直觉和社会功利的性质。美在于物的社会属性。"美是社会生活中不依赖于人的主观意识的客观现实的存在。自然美只是这种存

[①] 蔡仪：《新艺术论》（商务印书馆 1947 年版影印本），《民国丛书》第 4 编，上海书店，1992 年，第 179、180、183 页。
[②] 蔡仪：《新艺术论》，《民国丛书》第 4 编，第 181、182 页。
[③] 曹景元：《既不唯物也不辩证的美学——评最近美学问题的讨论》，文艺报编辑部编《美学问题讨论集》第二集，第 68~70 页。
[④] 朱光潜：《美学怎样才能既是唯物的又是辩证的——评蔡仪同志的美学观点》，文艺报编辑部编《美学问题讨论集》第二集，第 24 页。
[⑤] 李泽厚：《美的客观性和社会性》，文艺报编辑部编《美学问题讨论集》第二集，第 40、41 页。

在的特殊形式。"① "自然本身并不是美,美的自然是社会化的结果,也就是人的本质对象化(异化)的结果。自然的社会性是美的根源。"人欣赏自然美,就是"人能够在自然对象里直觉地认识自己本质力量的异化,认识美的社会性"。因此,没有社会生活内容的梅花不能成为美感的直觉对象,没有社会生活知识的小孩与原始人也不能欣赏梅花。自然美是"社会生活的美(现实美)的一种特殊的存在形式,是一种'异化'的存在形式"。② 1959年,李泽厚指出自然的美随着人类劳动不断征服自然,自然与人们的社会生活关系的复杂化而逐渐丰富起来。他区分了两种"自然的人化":一是社会生活造成的客观的"自然的人化";一是意识作用造成的艺术欣赏中的"自然的人化"。李泽厚认为,"自然之所以成为美,是由于前者而不是由于后者。后者只是前者某种曲折复杂的能动反映。"离开人与自然的客观关系,自然美便不存在;离开自然与意识的主观联系,自然美仍不失其美。③

李泽厚以阶级论进一步整合朱光潜的美在于主观意识和蔡仪的自然美在于自然本身的理论。李泽厚认为,自然本身没有阶级性,但由于不同阶级与自然的关系不同,因此不同阶级对自然美的欣赏或美感态度具有阶级性。在以往,自然对于劳动人民是生产对象,对于士大夫和剥削阶级来说是娱悦对象。那么新时代将克服这种分裂,自然与人民的娱悦欣赏关系"建筑在史无前例地征服自然、改造自然等面向现实的生活基础上"。而这种崭新的社会生活与纯熟的艺术创造结合,"这才有可能使我们今天艺术中的'情景交融'、艺术中的山水花鸟的美超过过去一切的王维与李白,石涛与八大,齐白石与黄宾虹"。④ 李泽厚将艺术中对待自然的美学态度与现实中对待自然的实践态度等同起来,并将人与自然的实践关系(征服和改造自然)作为自然美和艺术美的根源。艺术中的自然再现是人与自然的

---

① 李泽厚:《论美感、美和艺术(研究提纲)——兼论朱光潜的唯心主义美学思想》,文艺报编辑部编《美学问题讨论集》第二集,第222、237页。
② 李泽厚:《论美感、美和艺术(研究提纲)——兼论朱光潜的唯心主义美学思想》,文艺报编辑部编《美学问题讨论集》第二集,第232、233、236、210页。
③ 李泽厚:《山水花鸟的美——关于自然美问题的商讨》,《山水与美学》,第32页。
④ 李泽厚:《山水花鸟的美——关于自然美问题的商讨》,《山水与美学》,第35、36页。

第二章 风景诗学的重构：沈从文的抽象抒情与困境

客观关系的反映，是对社会生活造成的客观的"自然的人化"的反映。

1950年代的美学论争最终指向的是社会主义文艺范式的想象与批评理念的建构。其时，文艺批评远离了"移情说""距离说""人性说"等美学理论；而蔡仪、李泽厚的美学理论至少为当时文艺批评提供了两种可能性。一方面，是忽略知、情、意的独立性，以社会和伦理等领域的尺度（如实用、善、真等）来衡量艺术作品；另一方面，以美的"客观性"为由，为社会主义现实主义的文艺准则正名，捍卫其权威性与唯一性。比如，李泽厚认为，"在现实生活中，真善美是统一。艺术是现实生活的反映，这就必然地决定了艺术中的真善美的高度的统一。艺术的这一性质又规定了艺术批评的美（形象的美感）→真（生活的真实）→善（社会的价值）的分析原则"。[1] 李泽厚的论述最终落脚于马克思主义艺术批评的客观美学准则——"艺术的政治标准和艺术标准"。[2] 这种不断替换的论证逻辑为批评家将文艺理论与当时主流政治话语相拼接、糅合提供了合法性。

1949年以后，文艺作品中的自然再现已与先前的文学经验见出区别。它包括文学创作者呈现自然的方式与对自然美之所在的理解。但山水游记这一传统文体，即使不以游客的视角来探胜寻幽、书写个人的闲情逸致，也愈来愈不合时宜。比如，上海市委宣传部干部（徐景贤）在《收获》的稿件（黄政枢、程元三《于山光水色中见时代精神——谈几篇山水游记的创作特色》）篇头批示"不宜"刊用："目前在刊物上再来推崇山水游记，肯定是不正确的；这也反映了刊物和作家脱离工农群众、脱离火热的革命斗争。"篇头的另一份批示也表示"不宜刊用"。而该稿件所提倡的恰恰是新的革命美学观烛照之下的山水游记："应该以无产阶级战士的姿态，用社会主义主人翁的感情，来歌颂我们伟大祖国的大好河山，反映我们伟大时代的精神风貌［……］把大自然的美同革命大时代的美结合起来。"作者以为，刘白羽的《长江三日》正是新时代开创山水游记文体的新天地的

---

[1] 李泽厚:《论美感、美和艺术（研究提纲）——兼论朱光潜的唯心主义美学思想》，文艺报编辑部编《美学问题讨论集》第二集，第263页。

[2] 李泽厚:《论美感、美和艺术（研究提纲）——兼论朱光潜的唯心主义美学思想》，文艺报编辑部编《美学问题讨论集》第二集，第264页。

典范作品。① 以时代精神图景写貌，此时亦失去文化"合法性"。

沈从文并不反对或肯定文化变革的整体方向。在这个巨大的现实存在面前，沈从文是以现实的立场接受之。沈从文十分了然新时代的文艺现实，它包括文学在生产方式、评价标准、社会功能等方面的变化。《抽象的抒情》(1961)流露出他为整个文化现实所笼罩而产生的宿命感。"时代已不同。他又幸又不幸，是恰恰生在这个人类历史变动最大的时代，而又恰恰生在这一个点上，是个需要信仰单纯，行为一致的时代。"②社会主义制度对于文艺的要求可概括为"适时即伟大"：文艺"于是必然在新的社会——或政治目的制约要求中发展，且不断变化。必然完全肯定承认新的社会早晚不同的要求，才可望得到正常发展"。"作者必须完全肯定承认，作品只不过是集体观念某一时某种适当反映，才能完成任务，才能毫不难受的在短短不同时间中有可能在政治反复中，接受两种或多种不同任务。"③沈从文反复使用的词语"必然"、"完全"、"要求"等都暗示新时代的"常"与"变"：政治乌托邦明确不变，形势政策时刻在变，文艺创作因势而变。

三 "抽象的抒情"：有情与事功

如果文学缺乏持久的、恒定的美学追求作依托，那么其意义可能要在转瞬即逝的"适时"中去寻找。面对如此文艺现实，沈从文提议将文艺视为"书呆子"式知识分子的自我调整、梦呓、抒情，"对外实起不了什么作用的"。④贺桂梅认为这是"向后撤了巨大的一步"。⑤笔者以为，这一"后撤"或可视为应对现实的一种策略。一方面，沈从文不堪文艺负担起教育、政治、道德的重责，却又不能扭转现实文艺环境。他只能借由看轻

---

① 黄政枢、程元三：《于山光水色中见时代精神——谈几篇山水游记的创作特色》，上档：A22-1-1073
② 沈从文：《抽象的抒情》，《沈从文全集》第16卷，第534页。
③ 沈从文：《抽象的抒情》，《沈从文全集》第16卷，第530、531页。
④ 沈从文：《抽象的抒情》，《沈从文全集》第16卷，第535、536页。
⑤ 贺桂梅：《转折的时代——40~50年代作家研究》，第133页。

第二章 风景诗学的重构：沈从文的抽象抒情与困境

文艺的社会影响力，将其从种种社会功能中有限度地放逐出来，将人类富饶的情感从政治意识"上纲""上线"的巨大吸纳力中解脱出来。另一方面，这一文学观亦可视为其 1940 年代文体实验的延续。比如，《看虹录》（1943）写"我"（作家）与女主人间的情挑。贯穿其中的副线就是"我"通过向她展示作品进行自我表达，测验自己对人性与爱的理解力。但在描写自己的性幻想时，发现一切文字都失去性能。诗歌只能作"次一等生命青春的装饰"；小说只能作"生命的残余，梦的残余而已"。① 如果说文字之于生命的限度暗示着 1940 年代初沈从文尝试突破自我创作格式的困境，那么文字之于现实的限度则暗示了 1960 年代沈从文意欲使文学回归本体、挣脱外部政治捆绑的努力。

问题的复杂性在于，1949 年后沈从文的文艺理想恰恰从同时代文艺政策与文艺理念中汲取了部分理论资源。两者间千回百转的关系可能是捕捉沈从文如何安身新世代的微妙线索。1949 年 4 月 6 日，沈从文读 4 月 2 日《人民日报》副刊新时代的女英雄事迹而感动。查此日该报副刊，有刘白羽的《与洪水搏斗 记治河女工程师钱正英》和《坚持敌后斗争的女英雄李秀真》（晓鲁、勇进、韦荧）。沈从文"同时也看出文学必然和宣传而为一，方能具教育多数意义和效果。比起个人自由主义的用笔方式说来，白羽实有贡献。对人民教育意义上，实有贡献"。② 沈从文先前反对文学以宣传为任务，这从其对左翼文学的态度上即可见出。③ 1949 年，刘白羽的用笔摧毁了沈从文的文学观。但沈从文接受起新时代新观念似乎并不困难，因为文学教育多数与其早年冀望以文学培养青年正确的人生态度有相通之处。1950 年代初的沈从文，将"写作"视为同其他任何工作一样为新中国服务、尽义务的一种。"我一定要来作个鼓动家，在乡村中是这样向人民

---

① 沈从文：《看虹录》，《沈从文全集》第 10 集，第 338、341 页。
② 沈从文：《四月六日》（1949 年 4 月 6 日），《沈从文全集》第 19 卷，第 25 页。
③ "年来政府对于左翼作家文艺政策看得太重，一捉到他们就杀（内地因此杀掉的很多），其实是用不着这样严厉的。"沈从文：《致胡适》（1933 年 6 月 4 日），《沈从文全集》第 18 卷，第 181 页。"在野左翼依然要运用文学作宣传，也并无何等好作品出现。"《致胡适》（1944 年 9 月 16 日），《沈从文全集》第 18 卷，第 432 页。

学习，写出来也只是交还人民。"① 1950年的沈从文认为个人从事的工作并不比一个普通政治工作人员对人类进步贡献大。调排文字组织思想，个人努力可以成功。而现代政治家处理人事、主持行动，"实无疑比艺术还更艺术"。② 钱理群指出，"沈从文这样的知识分子对中国共产党领导的接受，是建立在通过组织、动员与计划的力量，实现后发国家跨越性发展的'国家主义的现代化发展道路'的认同基础上的。"沈从文基于"乡下人"立场认同毛泽东思想："将农民理想化，以此贬低知识分子的民粹主义思想的负面［……］在沈从文这里，就成了他接受专政的心理抚慰。"③

尽管沈从文在接受新意识形态上找到了某种精神纽带，但他对于新时代文艺的接受与其说是认同现实，不如说是认同理念。沈从文曾多次表达自己对于主流的文艺观、文艺运动的认同。但这些言论都应置于沈从文自己的思想脉络和时代语境中，从正反两个面向来考量其历史内涵。比如，《在延安文艺座谈会上的讲话》（以下简称《讲话》）可视为1949年后的文艺总纲。沈从文阅读《讲话》，有"闻道稍迟"之感，并多次表示过对其推崇之情。在他看来，《讲话》"诗意充盈"，其经典性实际比鲁迅、高尔基的作品重要。④《讲话》对沈从文既有的文艺观产生冲击，并提供了其文艺新生的理论资源。沈从文赞成《讲话》，认为缺少对《讲话》作补充解释的文章，也缺少对老作家和年轻作者的帮助。他对《讲话》的推崇与主流话语是契合的，但契合的方式却与众不同。沈从文对于《讲话》的解释落实在文学的创造性、多样性的层面。在社会主义文艺资源谱系的建构中，中外文学传统被重新取舍组合。1952年沈从文不反对向优秀传统学习的倡导，但认为"由政治人说来，极容易转成公式化"。他不满这一主张在现实中成为不求甚解的口头禅。⑤ 1961年沈从文感叹，20世纪三四十年代的文学资源被忽略搁置："近三十年的小说，却在青年读者中已十分陌

---

① 沈从文：《致张兆和》（1951年11月8日），《沈从文全集》第19卷，第156页。
② 沈从文：《自传》，《沈从文全集》第27卷，第61页。
③ 钱理群：《1949年以后的沈从文》，王晓明、蔡翔主编《热风学术》第三辑，第93、98页。
④ 沈从文：《凡事从理解和爱出发》（1951年9月2日），《沈从文全集》第19卷，第107页。
⑤ 沈从文：《致张兆和、沈龙朱、沈虎雏》（1952年1月25日），《沈从文全集》第19卷，第319页。

第二章 风景诗学的重构：沈从文的抽象抒情与困境

生，甚至于在新的作家心目中也十分陌生。"①

1949 年后沈从文的政治理想是以专家体制代替官僚体制，艺术家同专家一道充当国家领导者；文艺理想是文艺作为知识高于权力，文艺具有独创性与多元性，文艺是对有限生命的超越。1950 年初沈从文认为，现代政治中的强大武力和宗教情绪相结合容易与国家的民主理想背道而驰。而建立于庞大武力基础上的政治"易转为军事独裁"。沈从文的理想是"国家还应当有许多以分业为单位的组织，在一种不同方式共同原则下，为国家争技术贡献而不争权势获得"。②专家和文化工作者，可保障国家的"自由民主"。1961 年沈从文指出理想社会是知识而非权力支配的国家，"让人不再用个人权力或集体权力压迫其他不同情感观念反映方法"。社会分工的思想扩散到具体的生产工作、研究发明和"结构宏伟包容万象的文学艺术中去"，只求为国家总的方向服务。③上述社会政治理想是沈从文早年将创作视为知识追求，并高于政治、权力、商业的观念的延续。由于早年残酷的见闻经验，培养了沈从文对于权力、权势以及政治的极度不信任感。他看透了权力对于弱势群体的欺凌杀戮，认为权力只能压迫人损害人，而知识才可改变世界的面貌。写作也代表着一种对于知识的追求。早在抗战时期沈从文即已指出，国家真正需要的是第四或更多党的角色。"我还扩大抒情的理想，认为将来必有一天，这个国家的最高指导者，将是一群科学家，一切由科学出发，国家不是衙门，将是无数实验室，每一部门都是一些真正的内行，而营养学专家、医生、数学或园艺学者、音乐家和画家，才是在一种更新政治体系政治理想中的负责人！"④

沈从文 1949 年后的文艺观和政治观相互交织、互为参照。他从现实认知与未来构想的整体格局中去解读"有情"与"事功"两种美学形式，以未来远景作为生命的大底色。1952 年 1 月，沈从文在家信中提及自己阅读《史记》，以前学习的是文笔上叙述人物的方法，现在明白是作者本身的生

---

① 沈从文：《抽象的抒情》，《沈从文全集》第 16 卷，第 537 页。
② 沈从文：《解放一年——学习一年》，《沈从文全集》第 27 卷，第 55、56 页。
③ 沈从文：《抽象的抒情》，《沈从文全集》第 16 卷，第 534、535 页。
④ 沈从文：《总结·传记部分》，《沈从文全集》第 27 卷，第 90、91 页。

命成熟使得其写人有大手笔。年表诸书说的是事功,可掌握材料完成。而列传写人,需要作者生命中"即必由痛苦方能成熟积聚的情——这个情即深入的体会、深至的爱,以及透过事功以上的理解与认识"。事功可以学习,而有情则不可学。[1] 在沈从文看来,管仲、萧何等对国家有功,屈原、贾谊则为有情。"或因接近实际工作而增长能力知识,或因不巧而离异间隔,却培育了情感关注。"文艺至今都未能解决"有情"与"事功"的结合问题。[2] 沈从文努力摸索在新社会如何在文学上将"有情"转化为"事功。"有情"无疑更契合沈从文的生命气质和现实处境。而对于一个赶超英美的后发达国家,以"多快好省"的方式建设社会主义国家为理想,"事功"又比"有情"更符合现代社会的理性、效率要求。沈从文认为,部分充满生活斗争经验的作家不能取得成就大约在于缺乏情感——对人、对事、对学识、对文学性能等都无情感。他把马克思、列宁、高尔基、鲁迅也列入"有情"的行列,认为他们将充沛的生命情感与手中工具紧密结合。[3] 沈从文不满于初三语文教科书不选古典叙事文章却填充文笔芜杂的白话文,认为学习传统流于口号,难以将传统的"有情"与新社会的"事功"相结合。仅用一些时文作范本,学生作文"作叙述,简直看不出一点真正情感。笔都呆呆的,极不自然"。[4]

"有情"与"事功"在沈从文以及同时代创作者那里并未完好结合。其障碍在于文学在适时与超越、政治教育功能与审美娱乐功能方面难以得到有机调和。就教育与宣传功能而言,文艺大众化也是一种"事功"。1949年后各地文艺机构和组织在基层大力开展工农兵业余文艺活动、竞赛,培养工农兵作家。但实际上很多文艺干部并不真正认同工农兵文艺。1954年12月21日《新民报晚刊》刊文批评上海市工人文艺节目招待演出

---

[1] 沈从文:《致张兆和、沈龙朱、沈虎雏》(1952年1月25日),《沈从文全集》第19卷,第318、319页。
[2] 沈从文:《致张兆和》(1952年1月29日),《沈从文全集》第19卷,第335页。
[3] 沈从文:《致张兆和、沈龙朱、沈虎雏》(1952年2月2日),《沈从文全集》第19卷,第342、343页。
[4] 沈从文:《致张兆和、沈龙朱、沈虎雏》(1952年1月25日),《沈从文全集》第19卷,第319、320页。

第二章 风景诗学的重构：沈从文的抽象抒情与困境

晚会进行不到半场即有一个宣传干部退场。该文称，类似的宣传干部并不少："他也许知道开展工人文艺活动很重要；但是他自己不要看工人文艺。因为这些东西太粗糙了。"文章还批评，有几次上海市工人文艺观摩演出，几十个评判委员中出席者仅二三人；有文艺工作者在开会时高赞工人阶级伟大，被邀请辅导他们时却推三阻四。[①] 在文艺政策上，通俗文艺、民间文艺受到重视，但倚重民间文艺、通俗文艺的资源来建构新型文艺形态却非易事。老舍在1949年后投身于鼓词、戏曲写作，但这些作品与当时报刊随处可见的通俗文艺似乎并无高低之别，其圆熟俗白程度甚至不如后者。

归根到底，"有情"与"事功"代表了对于文学本质的不同界说与理解。"事功"既可视为偏重叙事的文学类型，也可视为偏重现实功用的文学类型。而"有情"，则要求创作者主体的性格情感与写作对象往复回流，创造未必实用的意象或意境。对照1956年的美学论争，1949年后无论朱光潜还是李泽厚、蔡仪，都不以"抒情说"或"情感说"来界说美的本质。朱光潜转而由意识形态入手探索艺术美的主观性。而李泽厚的美学观，尤其是自然的人化或异化说，正是从"事功"的角度来解释美。沈从文在1949年后的散文创作，亦显示了融合"有情"与"事功"的努力。但他与同时代的多数作家一样，最终都以失败告终。这再次表明1949年后新文艺所面临的困境：未能提供反映崭新的社会生活形态、技巧高度纯熟、想象丰饶自由的艺术典范。

[①] 赵雨：《不爱工人文艺的宣传干部》，《新民报晚刊》1954年12月21日，第3版。

第三章 反特影片的肇始:《腐蚀》的改编与意义

2007年,"反特片"经典《羊城暗哨》(1957)被改编成同名电视连续剧。该剧的宣传文案称,"电视版《羊城暗哨》演绎全新间谍大片",融合了原"反特惊险片"的情节与"时下谍战题材"的新鲜元素。[①] 该剧使用"间谍大片"而非"反特片"进行自我指称。"反特片",又称"反特惊险片"、"反特电影",是1949年后兴起的一大电影类型片。从"反特片"到"间谍片"的指称变迁,折射着交错衍生的时代文化心理之流变。徐勇认为,"反特片"中敌我分明的二元对立结构是冷战意识形态的表征,而谍战片中"你中有我、我中有你的镜像式结构"呈现的是后冷战时代的特征,是对先前阶级认同和"国族"认同的改写和超越。[②] 史学界一般把1991年苏联解体划作为世界冷战的终结点,但中国走出冷战政治格局的时间可能更早。1979年的中美建交或可视为一个重要标界。然而,冷战文化在中国的退潮,却非一蹴而就。

本章将以"反特片"为线索,管窥冷战文化在中国的缘起、构型及其问题。"反特片"中,常常出现一个诱惑-拒绝的情节模式:国民党女特务诱惑男性侦查员(共产党员或"进步分子")并爱上他,但他坚贞于自己的政治立场,拒绝美色诱惑。这种性别化的角色设定与戏剧化的情节模式,使得侦查员及其政治信仰更具男性化的阳刚色彩与崇高风格,也使得

[①] 电视版《羊城暗哨》演绎全新间谍大片,http://www.chinadaily.com.cn/hqylss/2007-03/22/content_834173.htm。
[②] 徐勇:《语词的意识形态及其表征——从命名"反特片"到"谍战片"的转变看社会时代的变迁》,《北京电影学院学报》2011年第4期,第5~6页。

第三章 反特影片的肇始:《腐蚀》的改编与意义

年轻未婚的女特务成为必不可少的故事元素。她们的存在,对既有男性中心的社会秩序和政治结构构成了象征性的威胁,包括家庭稳定与"国家安全"。在既有关于"反特片"的研究中,① 研究者对于国民党女特务的形象阐释往往落入"蛇蝎美女"或"致命女性"等刻板性别符号的窠臼:性感、危险、神秘;性诱惑与政治诱惑的复杂关系亦被简化为政治教化与色情消费之间的冲突关系。本章聚焦女特务的形象塑造,尝试探索"反特片"中性别话语与政治话语是如何纠缠混杂、互为表里的。

本章以茅盾的《腐蚀》为个案,追踪其从小说连载(1941)到改编成剧本(1950)、电影(1950),再到小说再版(1954)的文本流变。该小说最初于1941年5月17日至9月27日在香港的《大众生活》连载;后以单行本形式于1940年代多次重印。小说版《腐蚀》采用日记形式,记录了国民党特务赵惠明从1940年9月15日到1941年2月10日间的心路历程。赵惠明在其男友希强的引诱和强迫下,沦为国民党特务。她后来被安排了一项任务:说服被监禁的前男友小昭提供异见者的名单。赵惠明此刻重新燃起了对小昭的爱,并尝试将他从监狱中救出来。小昭因拒绝提供名单,很快被处决。赵惠明也因在特务机构的权力斗争中失败,被转移到重庆乡下的大学区工作。在那里,她遇到了女大学生N——国民党特务机构招募的新成员。赵惠明计划帮助N逃脱魔窟。

早在1949年前,文华影片公司就已在香港购下《腐蚀》的摄制权;茅盾特别指定该片由黄佐临导演。1949年,在北京文代会上,周恩来也曾表态,《腐蚀》是适合民营公司拍摄的好戏。② 这部小说最初由柯灵改编成电影剧本,并于《文汇报》(1950年10月16日至12月18日)连载,后又于1950年出版剧本单行本。电影《腐蚀》于1950年8月中旬由黄佐临拍摄,同年12月15日,由文华影片公司在沪放映发行。③ 拍摄《腐蚀》是1950年文华电影公司的首要工作;该片也是中国第一部学习苏联电影制

---

① 关于"反特片"的系统研究,可参见俞洁《"十七年"中国反特电影的类型研究(1949~1966)》,博士学位论文,浙江大学,2012。
② 《〈腐蚀〉上银幕,茅盾指定佐临导演》,《大报》1949年9月1日,第4版。
③ 石邦书:《〈腐蚀〉的"排后拍"制》,《大众电影》1950年第13期,第16页。

作经验所拍摄的电影。① 该片上映后，票房收入不菲。1951年这部电影被禁映；1954年9月该部小说重印，并做了细微修改。

本章基于文学及电影作品、文艺报刊与档案文献的资料爬梳，以《腐蚀》的文本流变为线索，以赵惠明的人物形象塑造为角度，对"反特片"的起源做一知识考古学式的发掘。笔者梳理文本流变过程中的三个改写细节，分析推动改写背后的文化政治，继而发掘这些文化政治如何形塑了"反特片"的叙述模式与电影语言技巧，包括情节安排、人物设置、场景调度等。这些都可以在《腐蚀》中找到源头。另外，本章还将《腐蚀》的文本流变置于国内政治运动和全球冷战（朝鲜战争）的历史背景，以及政治、法律和文化等话语谱系的交织作用中考察，透析其与20世纪中期的文化转型与冷战文化行进之关系。

一 "她"之命名：身份转变

在1949年后的政治文化语境中，"特务"一词或单独使用，或与其他词语组合使用，包括"反特"、"反特片"、"防蒋反特"和"美蒋特务"等。检阅《人民日报》（1946）数据库，1950年后"特务"一词在词组"美蒋特务"中出现的频率远远高于词组"蒋美特务"、"蒋匪特务"、"蒋记特务"。而"美蒋特务"一词，在民国时期期刊全文数据库（1911~1949）中，尚无检索结果。1946年至2019年的《人民日报》中，"美蒋特务"一词出现在1950年至2015年的516篇文章中，而"蒋美特务"则仅出现于1948年到1996年的6篇文章。且"蒋美特务"一词在1950年以后几乎难觅踪影（仅有一篇1996年的文章出现过该词）。"美""蒋"的组合顺序及其流通度，或可视为冷战格局下美国成为中国新政权最大对手的语言反映。随着1950年代朝鲜战争的爆发，中国与美国的关系迅速恶化；同时美国对台湾地区开启了数目可观的军事与经济援助。1950年1月19日"美蒋特务"一词首次出现于《人民日报》上，该文章称"中美合作

---

① 齐桐：《文华建立民主管理 制片彻底改进方针》，《文汇报》1950年11月5日，第6版。

第三章 反特影片的肇始：《腐蚀》的改编与意义

所"为"美蒋特务机关"。① 主流政治话语建构初始，"美蒋特务"一词即与"中美合作所"挂钩，其广泛的流通性亦可视为冷战初期中国大陆与台湾及美国复杂关系的现实投影。

作为政治话语的"美蒋特务"是如何被文学化、艺术化，并在"十七年"文化语境中获得广泛流通性的呢？《腐蚀》中赵惠明的形象改写或可为此提供重要线索。惠明的身份从最初小说版中执行"特别任务"者演变为剧本版和电影版中隶属于"美蒋"特务机构的特务，其重要依据就是小昭关押场所的改写。小说版中，小昭关押在"特别监牢"。剧本版和电影版中，小昭的关押地改为"中美特种技术合作所"，而"中美合作所"又被塑造成国民党集中营白公馆和渣滓洞的所在地。这些集中营以关押和刑讯包括共产党在内的政治异见者而臭名昭著。然而，历史上的"中美合作所"（Sino-American Cooperative Organization，SACO；又称"中美特种技术合作所"）乃"二战"期间基于1943年签署的中美合作条约而创建的跨国情报机构。② 该机构由国民政府军事委员会调查统计局与美国海军部情报署合作建立，旨在加强军事情报收集，联合对抗日。该组织位于重庆西北郊区的歌乐山与磁器口间，1946年解散。剧本版和电影版如何对"中美合作所"这一历史现实进行艺术再现，并赋予空间形式以政治文化意味？以惠明首次访问小昭的监牢为例。小说中，关于"特别监牢"着墨不多，且用笔较为随意。文字既未提供具体地理位置信息，亦难引发读者情感共鸣。一辆汽车将惠明和陈书记带到小昭的关押地：

汽车飞快地穿过市区，[……]末了，汽车慢下来了，转进一所

---

① 《重庆市各界悲愤集会 追悼杨虎城暨死难烈士 坚决向蒋美匪帮讨还血债》，《人民日报》1950年1月19日，第1版。

② Yu Shen, "SACO Re-Examined: Sino-American Intelligence Cooperation during World War II," *Intelligence and National Security* 16.4 (2001): 149-174. Frederic Wakeman, *Spymaster: Dai Li and the Chinese Secret Service*, Berkeley: University of California Press, 2003, pp. 294-307. 吴淑凤：《军统局对美国战略局的认识与合作开展》，《国史馆馆刊》2012年第33期，第147~174页。

学校似的房子［……］可是汽车已经停止。进了一间空洞洞的房间,劈头看见的,却是G,［……］大概穿过了一两个院子,又到一排三五间的平房跟前,门口有人站定了敬礼,［……］当时我断定这是特别监牢了。①

剧本中,"特别监牢"被定位在中美特种技术合作所和第一看守所之内;上述文字,柯灵以三页的篇幅铺陈刻画:

歌乐山,磁器口道上,丘陵起伏,公路盘旋在阴森森的山谷里,一辆小轿车疾驰而进。［……］汽车一直前进,路上所见的都是荒坟乱坑,漫烟衰草,满目凄迷。沉重的压迫在扩大［……］惠明抬头望——一边山坡上矗立着一座碉堡,顶上有一个美式配备的宪兵,荷枪守望;作为它们的背景的,是重叠的乱云,景色凄厉。

碉堡旁边的一颗狰狞的枯树,形如怪人,臂上挂着一个汽车轮盘,风吹枯枝格格地响。

山脚下一带的铁丝网,一直沿伸到无尽。

陈胖示意,惠明跟着他并肩沿着石级往上走。

一坡长长的石级,尽头处,三面绝壁,拥抱着一座古旧阴森的院子,围墙高耸,漆黑的大门严严地关着。正中矗立一座守望台。

她们往上走,走完最后一道石级,惠明再往上看——院门上的横幅斜着劈窠大字:"中美特种技术合作所。"

右首门上一块竖立的牌子,字比较小一点,"第一看守所"。

门边又是两个荷枪的卫兵。大门上一个小小的铁格窗洞,一双眼向外窥探着。一扇门开了,她们进去,陈胖在前,惠明在后。②

柯灵首先以"荒坟乱坑,漫烟衰草"营造山谷的阴森鬼魅,继而以惠明的仰视角度,呈现一个"美式配备"武装、铁网封锁的"碉堡"。而

---

① 茅盾:《腐蚀》,《大众生活》1941年第8期,第194~195页。
② 柯灵:《腐蚀与海誓》,上海出版公司,1951,第68~70页。

第三章 反特影片的肇始:《腐蚀》的改编与意义

"碉堡"的名称与大小字体的分配,都明确地比附中美盟国的等级关系。"中美特种技术合作所"被描绘为多个集中营的所在地,而非中美合作抗日机构。关于小昭下落,顾恺告诉萍:"在中美合作所是确定的了,就不知道在哪一处,他们的集中营多得很。"① 此外,审讯犯人的小房子里,"正面墙上:蒋介石的像居中,右边是整整齐齐,上下两排美式的手铐。"② 寥寥几笔的房间布置描述,旨在宣传美国对国民党政府提供军备支持,压迫中国政治异见者(共产党)。

电影版《腐蚀》不仅把小昭的"特别监牢"改为"中美特种技术合作所",还增加了一个相遇的桥段,即将作为政治宣传符号的"美国"肉身化为美国大兵。切入全景,大门上标有"中美特种技术合作所"几个大字,下方有中华民国和美国的国旗以及该机构的英文缩写"SACO"(见图1-1)。惠明和同事的车驶入大门,差点与一辆驶出的卡车相撞。切入中景,一名戴太阳镜的美国士兵将头伸出卡车车窗,用英语愤怒地向赵惠明等人大喊:"嘿,你怎么回事?怎么回事?再见。走开!"(见图1-2)惠明等人下车步行,轿车倒车离去。新增桥段意在凸显国民党政府在中美同盟关系中的劣等位置。惠明等进入院子后,切入了犯人劳改的全景镜头,长达16秒。虽然惠明是移动的,但摄影机的位置固定,意在突出劳改场景(见图1-3)。切入惠明上级的房间,门头绳套晃动。这一绳套景观在随后镜头中多次出现。上述场面调度,从空间布局到拍摄角度,都意在强调集中营的累累暴行而非惠明的主体性。此外,小说版中"特别监牢"要求小昭交出的是"异党分子"名单;而电影版中则改为"共党分子"名单。至此,关押小昭的"特别监牢"被具象化、政治化为国民党特务机构和美国军方共同参与、迫害共产党的秘密集中营——"中美特种技术合作所"。

---

① 柯灵:《腐蚀与海誓》,第101页。
② 柯灵:《腐蚀与海誓》,第70页。

文学·影像·空间：当代文艺风景管窥

本章电影视频来源：优酷网。

图1-1　《腐蚀》（一）（文华，1950）

图1-2　《腐蚀》（二）（文华，1950）

第三章　反特影片的肇始：《腐蚀》的改编与意义

图1-3　《腐蚀》（三）（文华，1950）

关于"中美合作所"的想象与叙述，柯灵与黄佐临的灵感可能来自1949年、1950年的报刊、展览等。将"中美合作所"与磁器口集中营相混淆，可追溯到杨益言的《我从集中营出来——磁器口集中营生活回忆》（1949）①，重庆市各界追悼杨虎城将军暨被难烈士筹备委员会编的特刊《如此中美特种技术合作所：蒋美特务重庆大屠杀之血录》（1950），以及"中央革命博物馆"筹备处在特刊基础上编的《美帝蒋匪重庆集中营罪行实录》（1950）。1950年3月18日至4月10日，"中央革命博物馆"筹备处在北京还举行了一次特展，参观团体机构达356个，人数达15219人。此外，其他城市也纷纷要求借展。②《美帝蒋匪重庆集中营罪行实录》称，"中美合作所"是"恶迹昭彰，臭名远扬的特务组织"，"也就是美国特务指挥国民党特务如何监视、拘禁和屠杀中国人民的训练所和司令台。中美合作所内的两座集中营——渣滓洞和白公馆，就是蒋匪囚禁中国人民的最

---

① 转引自何蜀《刘德彬：被时代推上文学岗位的作家（上）》，《社会科学论坛》2004年第2期，第78页。
② 中央革命博物馆筹备处：《美帝蒋匪重庆集中营罪行实录》，大众书店，1950，第1、2页。"中央革命博物馆"即后来的"中国革命历史博物馆"。

061

大牢狱"。① 据邓又平文章,"中美合作所集中营"这一名称,最早见于1956年8月16日四川省人民委员会公布的文物保护单位的名单里。②邓又平指出,现存档案材料表明,"中美合作所"的美方人员既没有参与过白公馆集中营的任何屠杀共产党和革命者活动,也未与重庆军统集中营有任何关系。"中美合作所集中营"或"中美合作所领导下的集中营"的说法,将时空上部分相关联的中美合作所与军统重庆集中营相混淆,缺乏历史依据。③而上述书名从"蒋美特务"到"美帝蒋匪"的调整,或正暗示其时政治语境的微妙走向。

《腐蚀》的改编展示了"中美合作所"由历史领域进入文化领域的最初路径。新时代流行的价值观念与情感态度已经在这一进程中浮现出来：反美主义、革命英雄主义、反"美蒋特务"制度等。1950年社会主义文艺体制尚未建构起来；而柯灵与黄佐临主动改编《腐蚀》,以"配合当前迫切的政治任务"。其改编的目标有二：一是教育"抗战的主流在延安,我们民族的舵手是毛主席和共产党";二是"控诉了特务制度的罪恶。[……]他们所支使的特务活动还在地下进行,在我们和平建设的道上,俨然形成了一条无形的战线；法西斯的毒焰正在美国高涨,[……]反匪反特反法西斯,对我们还是一个重大的课题"。作者还强调他们对于赵惠明的处理有"严格而恰当的分寸",符合当时中央对特务"镇压与宽大相结合"的政策。④ 一方面,电影删除了惠明这一人物形象在小说中的抗日色彩；⑤ 另一方面,电影改编时增加了原著所无的"中美特种技术合作所"。茅盾曾表示反对,因为"中美合作所"的成立在《腐蚀》故事发生之后。茅盾以为,文艺应该符合客观现实；而柯灵与黄佐临坚持认为,时间错位并不重要——"时间虽有差别,却不能动摇这血腥的事实,对美帝国主义在中国的滔天罪行,我们有随时随地加以揭发的必要"。⑥ 这一坚持本身就显示出其时有文化践行

---

① 《"中美合作所"真面目》,载《美帝蒋匪重庆集中营罪行实录》,第119页。
② 邓又平：《简析"中美合作所集中营"》,《美国研究》1988年第3期,第26页。
③ 邓又平：《简析"中美合作所集中营"》,《美国研究》1988年第3期,第26、38页。
④ 佐临：《从小说到电影——代序》,载柯灵著《腐蚀与海誓》,第1~3页。
⑤ 茅盾：《腐蚀》,《大众生活》1941年第3期,第64~65页。
⑥ 佐临：《从小说到电影——代序》,载柯灵著《腐蚀与海誓》,第1、3、4页。

第三章 反特影片的肇始:《腐蚀》的改编与意义

者借助艺术虚构的权力来建构历史,并以表现政治诉求与配合政治宣传为首位。

1954年人民文学出版社重排《腐蚀》时,询问茅盾对原书有无修改。茅盾表示:"但《腐蚀》既是在当时的历史条件下写成的,那么,如果我再按照今天的要求来修改,恐怕不但是大可不必,而且反会弄成进退失据罢?"[1] 研究者往往引用茅盾的自述,赞其不作削足适履之举。但将1954年的重印版与《大众生活》连载版、1941年知识出版社版[2]、1946年大众书店版、1949年华夏书店版《腐蚀》比较,即可发现其中的细小修改。上述1949年前的版本中,小昭因在S省县办"工合"(中国工业合作协会),被当地乡长向国民党党部控告为"共党分子"。他被捕坐牢六个月,后被该县一个"美国教士"保释。这教士也热心"工合"事业。[3] 但是在1954的重印本中,"美国教士"被改为"外国教士"。[4]

1950年代、1960年代"反特片"流行的"美蒋特务"形象与"美国"政治元素之修辞,滥觞于电影《腐蚀》中惠明的形象塑造与"中美合作所"的空间再造。这种文艺表征既可视为被国内政治动员中反美与反蒋(国民党)的政治文化情绪所形塑,也可视为其时中美冷战格局下敌友关系的心理投影。该电影开头增加了小说版与剧本版开头都没有的监狱与刑场场景,"中美合作所"在故事开场即以惊悚形象亮相。同是以"中美合作所"为题材的间谍类型片,电影《腐蚀》与同时期的好莱坞电影计划形成鲜明对比。据Yu Shen,1950年代初好莱坞启动了一项取材于"中美合作所"第四部门(Unite Four of SACO)及其间谍故事的项目。电影剧本题为"Wind From the East"(1952年11月8日)。由于第四部门位于内蒙古境内,电影取景将充满异域情调和梦幻色彩。美国间谍的故事则既有惊悚冒险,又有浪漫爱情。但该剧本最终未能拍成电影。这可能与1953年另一

---

[1] 茅盾:《后记》,载《腐蚀》,人民文学出版社,1957,第267页。
[2] 许觉民:《雨天的谈话》,湖南教育出版社,2007,第240页。据许觉民回忆,华夏书店成立于1946年初。当时华夏书店以多种出版社的名义进行活动,迷惑国民党当局。《腐蚀》就是用"知识出版社"的名义出版的,实际出版时间为1946年初。
[3] 茅盾:《腐蚀》,《大众生活》1941年第8期,第195页。
[4] 茅盾:《腐蚀》,人民文学出版社,1954,第110页。

部相似主题的电影（"Destination Gobi"）公映有关。此外，关于"中美合作所"的回忆，也可以从其时以此为题材的间谍故事中发现点点滴滴。这些故事刊载于1960年代的 *Stage* 和 *For Men Only* 等杂志上，通常描写一个美国人置身于热情好客的中国少数民族地区，其日常工作为收集天气信息，并用无线电发送给重庆方面。故事大多沿袭英雄美女、惊险浪漫的情节套路。①

《腐蚀》从1941年的小说到1950年的剧本与电影的文本流变过程中，惠明的个性气质发生了逆转。电影版淡化了小说版中惠明好强、自信、攻击性的一面，强化了她的脆弱、痛苦、被操纵的一面。小说中，惠明以自我为中心、个性强悍、独立。关于她的描述，多与自吃、白日梦、噩梦、多疑、痛苦、折磨相关。小说以第一人称视角描写惠明的白日梦或噩梦，表现其遗忘过去不能而渴望新生不得的精神困境。她挣扎于希望和绝望、现实和幻想、猎捕和被捕的极限地带。小说设定的空间背景是重庆，这个以雾闻名的城市也给故事蒙上了一层阴沉、鬼魅的面纱。"梦"暗示着女主人公"闷"的精神状态。

日记体的叙述形式，使惠明的形象刻画偏向其内心世界；而这一形式特点也对应着特务职业的保密特征。小说开篇即为："近来感觉到最大的痛苦，是没有地方可以说话。"② 惠明的隐秘世界在很大程度上被她的偏执臆想所占据。即使她有偏执狂、神经衰弱的症状，但这种偏执恰恰是其自我保护的表征。惠明个性警惕多疑，行事咄咄逼人。她臆想，身边同事个个笑里藏刀，深谙见风使舵、落井下石的全套法门。而自己不能神经松弛、束手无策，要时刻算计、准备反击："我得先发制人，一刻也不容缓。我这一局棋幸而还有几着'伏子'，胜负正未可知，事在人为。略略筹划了一下，我就决定了步骤。"③ 惠明的精神困扰亦表现为相应的生理病症，如心悸、惊觉、抑悒、失眠等。惠明痛苦好强的偏执情绪与生性多疑的臆

---

① Yu Shen, "SACO Re-Examined: Sino-American Intelligence Cooperation during World War II," *Intelligence and National Security* 16.4 (2001): 160-161, 173.
② 茅盾：《腐蚀》，《大众生活》1941年第1期，第14页。
③ 茅盾：《腐蚀》，《大众生活》1941年第2期，第36页。

第三章　反特影片的肇始：《腐蚀》的改编与意义

想症状，贯穿了小说的整体叙述，直至小昭去世方有变化。惠明个性中柔和的一面，仅在其面对小昭或回忆孩子时才偶尔浮现。惠明不得不抛弃自己的新生儿，因为无法在充满仇恨、阴谋和暴力的环境中抚养他。但她对小昭案的第一反应并非考虑他的安全，而是自身在机关权力斗争中的处境。①茅盾对惠明妄想症的刻画，尽管意在表现国民党特务制度对于个体的摧残迫害，但亦描画出惠明果敢决断与冷酷自我的人格特征。其杀伐决断个性的形塑与其说源自国民党特务制度，不如说源于机构内的人事政治与权力斗争。

在剧本版和电影版中，惠明性格中的偏执性和攻击性被隐去，其个体的能动性亦被削弱。故事叙述也由关乎惠明的内心世界转变为关乎政治阴谋的外部世界。比如，在剧本版和电影版中增加了一段惠明和小昭的争论，②强调两者的政治立场分歧。剧本中，1937年惠明放弃小学教员的工作，计划去南京政府机关做抗战工作。小昭劝阻惠明，理由是国民党的抗战是被动的。小昭还批评惠明，争强好胜与虚荣心相结合，便有了堕落的危险。这种政治表态在电影版中更为直接。电影中，小昭随后还指责惠明："这是小资产阶级的毛病。"

"我不是一个女人似的女人！"——小说中反复出现的自白，引导我们思考惠明的性取向及表征问题。惠明的性别宣言可视为个人主义的阳刚气概的表现，但亦可视为对其性取向模棱两可的暗示。在剧本和电影中，惠明与他人的亲密关系都被抹去，无论男性，还是女性。比如，小说中的监牢会面场景。监狱行刑时，犯人呼号惨厉，刺耳锥心。惠明半夜被惊醒，误以为是小昭受刑，赶去狱房探望。两人会面后，顿有劫后余生之感：（小昭）"一张热烘烘的脸儿却偎在我的脸上了，同时一只手臂又围住了我的腰部。"③两人相吻相拥，恍如梦境。这段亲密描写在1954年的重印版本中仍然保留，但在剧本与电影中已面目全非。小说中只闻其声的"痛楚

---

① 茅盾：《腐蚀》，《大众生活》1941年第3期，第62、63页。
② 柯灵：《腐蚀与海誓》，第9～10页。
③ 茅盾：《腐蚀》，《大众生活》1941年第11期，第266页。

的呼号声"在剧本中具象化为酷刑拷打囚犯及其不屈不挠的场景画面。①

小昭主动与惠明亲密的情节,在剧本版中反转为惠明的动情与小昭的拒绝回应。"她激动地贴近他,那双手围着他的头颈。大衣掉到了地下,她也不管。[……]她含着泪,拿她的脸贴着小昭摩挲着,小昭警戒地拿开她的手,替她捡起大衣,重新披上。"之后,小昭令其回去,惠明凄然而去。② 电影中,这段场景被重新编码表现。切入惠明趴在小昭肩头的全景镜头。推近镜头,切入中景。两人镜头中,小昭多正对着镜头,或聆听动静,或有所沉思;惠明几乎都以侧面角度示人,或伏在小昭肩头,或畏惧地掩面而泣。这种拍摄角度烘托出小昭的无畏与惠明的脆弱:小昭眼中只有景框外的受刑狱友,而惠明眼中只有景框内的小昭。当小昭将惠明的手从自己的脖子上挪去时,他转过头来正对着镜头,犹如英雄亮相。这一高冷的拒绝姿态,就此奠基了日后"反特片"中诱惑-拒绝的经典情节模式。他们必须抵制女性的诱惑方能成为"正面人物",因为她是对其道德作风和政治认同构成威胁的象征。同时,这种修辞模式也寓意了国共两党的角斗与性别政治:浪漫爱情提供了俘获对手身心最自然、最有效的路径。鉴于崇高美学的要求与忠贞典范的人设,"反特片"中的侦察员与"进步分子"在电影中需要富有男性魅力但又不可流露性感迹象。

小说中,惠明与N的描写暗示着同性恋人的关系;这种关系在剧本和电影中被改写为姐妹关系。而姐妹情的逻辑建构乃基于两者都被划为国民党特务机构受害人的共同身份。小说中,她们彼此用"爱人"或"情人"称呼对方。③ N对惠明说:"不知怎的,昨晚上一见你,我就爱了你。现在是更加爱你了。以后我有工夫就来看你,要是你不讨厌的话。"④ 又比如,写惠明与N的独处:"N先是惘然,随即吃吃笑了起来,像一根湿绳子似的,纠缠住我的身子,一面低声说道:'好,看你不依,看你不依!'""N

---

① 柯灵:《腐蚀与海誓》,第88、89页。
② 柯灵:《腐蚀与海誓》,第90、92页。
③ 茅盾:《腐蚀》,《大众生活》1941年第12期,第483、391页。
④ 茅盾:《腐蚀》,《大众生活》1941年第16期,第391页。

第三章　反特影片的肇始:《腐蚀》的改编与意义

抬起身来,把脸偎在我的前额,又低头听我的心脏的跳动。"① 同性恋主题,对于茅盾来说并不陌生。日本学者是永骏认为,《虹》开辟了一个围绕"'性'的因习而产生出种种问题"的小说世界。小说里多次写到徐、梅两人"倾向于'同性恋'的行为(眼光的拥抱,用手抚摸面孔、头发,抱住颈脖,捧住面孔,扑在怀里拥抱,同一个床上睡觉等),也可以被认为是一种追求'性'解放的行为"。是永骏认为,徐、梅两人的"同性恋"主题,才是茅盾写得精彩之处。② 茅盾早期的作品常津津乐道于女性身体,特别是胸部的描述。女性成为革命乌托邦和都市欲望的喻体。③ 相形之下,惠明和 N 的欲望描写相对含蓄与节制。

茅盾通过欲望描写来传达其批判国民党的政治立场。他表现惠明的欲望时,无论是异性恋还是同性恋,并不作道德判断。惠明的欲望表现是爱情的自然流露;而其国民党同事间的欲望表现,则只能是"堕落"的代名词。比如,舜英在新居举行聚会,出席者多为来自国民党和汪伪政府的特务。茅盾对其下流荒唐的娱乐描写,旨在寓意一种堕落的、不道德的生活方式。而这恰恰是惠明所鄙夷的。④ 在小说叙述功能上,聚会的色情化不仅仅预示着惠明最终背离国民党阵营,还传达了抗日时期汪蒋政权互相"勾结"的政治宣传讯息。

《腐蚀》的改编中,异性欲望元素在诱惑-拒绝的情节形式中得以保存;但同性欲望元素,则完全隐去。改编者沿袭了欲望的合法性和政治的合法性(国共对峙)互为表里的性政治。但不同于小说,改编者以两极化的方式进行欲望配置——要么情欲化,要么无性化。如果剧本和电影仍然保留小说中惠明与 N 隐秘的欲望关系,那将干扰政治主题的传达:在小说中,惠明救 N 是出于一种自我牺牲的爱;而在剧本和电影中,惠明拯救安

---

① 茅盾:《腐蚀》,《大众生活》1941 年第 12 期,第 484 页。
② 〔日〕是永骏:《论〈虹〉——试探茅盾作品的"非写实"因素》,《中国现代文学研究丛刊》1996 年第 3 期,第 31、32、36 页。
③ 〔日〕是永骏:《论〈虹〉——试探茅盾作品的"非写实"因素》,《中国现代文学研究丛刊》1996 年第 3 期,第 36 页。陈建华:《革命与形式:茅盾早期小说的现代性展开(1927~1930)》,复旦大学出版社,2007,第 246 页。
④ 茅盾:《腐蚀》,《大众生活》1941 年第 7 期,第 164 页。

兰（对应于小说人物 N）是缘于共产党员顾恺（对应小说人物 K）的政治指导。在剧本和电影中，拯救安兰是惠明政治生命得以脱胎换骨的必经考验。此前，顾恺曾教育惠明："你是人民的敌人，不过只要你能够觉悟，赶早改造自新，为革命立功，人民是可以原谅你的。"[①] 作为"人民的敌人"，她只有改过自新并为革命做出贡献，才能得到"人民"的宽恕。至此，欲望表征只能是配置给国民党特务的"堕落"专享，是诱惑－拒绝的情节模式中确认共产党员与"进步分子"政治纯洁性的试金石。

上述欲望表征的改编并非柯灵和黄佐临的创新，他们只是顺应了新世代性政治的革命化审美趋向。早在 1948 年，嘉木批判监牢夜会的亲密细节为"性爱"的欲望描写、"颓废主义大展览"、"温甜的烂调子"。"茅盾先生不理解上一代和这一代的战斗而献身的青年们，而且——即使是无意地——降低和屈辱了他们！"而《腐蚀》里的男女，是《子夜》与《蚀》里城市革命男女的翻版："一律地都带着苦闷的颓废及色情的性质。"[②] 电影《腐蚀》消除了任何未被政治编码的欲望表征。惠明被去除了性魅力与能动性，而她与男性的关系，无论隶属于国民党还是共产党阵营，都被重新结构。有了国民党或汪伪政权的特务希强和祁科长，惠明被迫害的故事才有了反面的破坏力量；有了"进步分子"与共产党员小昭和顾恺，惠明被救赎的故事才有了正面的引导力量。小说中惠明的自我体认——"我不是一个女人似的女人"，在剧本开场前即被重新定义为"一个无意中失了足而又不能自拔的女人"。[③] 剧本和电影中，惠明被阴性化，男性被阳刚化。

这种性别关系在两人镜头的场面调度上清晰地呈现出来：男性往往占据主导地位，惠明则被边缘化。比如，小说中着墨不多的希强，在电影中被着重渲染。一天晚上，惠明发现了希强锁在抽屉里的文件，这份文件暴露了其国民党特务身份及其利用自己收集情报的秘密。惠明绝望地伏案哭泣；希强偷偷地走进房间（见图 1－4）。当他从后面慢慢接近她时，黯淡

[①] 柯灵：《腐蚀与海誓》，第 148 页。
[②] 嘉木：《评茅盾底〈腐蚀〉兼论其创作道路》，《蚂蚁小集》1948 年第 5 期，第 15～16、18 页。
[③] 柯灵：《腐蚀与海誓》，第 1 页。

第三章 反特影片的肇始:《腐蚀》的改编与意义

的背景中出现一个幽灵般的影子和半隐半现的冷酷表情(见图1-5)。切入两个平行镜头:惠明惊恐的表情特写(见图1-6);希强狰狞的表情特写(见图1-7)。切入两人镜头:惠明占据景框的左下角,身体畏缩后仰,脸部被遮挡;希强则几乎占据景框的右半部分,以威胁的气势向她逼近(见图1-8)。这种场面调度烘托出惠明的无辜和脆弱。切入希强的脸部特写。低调打光与仰拍角度使得希强的面孔呈现出惊悚骇人的视觉效果,对于惠明和观众都构成威胁(见图1-7、1-9)。

惠明与其上司的两人镜头同样传达出惠明的脆弱性;而她的上司作为国民党统治机器的象征亦令人发指,比如,雷主任在"中美合作所"集中营地下办公室的镜头,电影通过低调打光和移动的阴影,营造出令人窒息的氛围。办公室唯一的光源来自其办公桌后面的一扇窗户。而窗外,一名武装士兵正在巡逻。士兵的身体被景框截断,只留有下半身在笼子似的窗框外来回移动(见图1-10)。雷的对面坐着惠明。士兵和铁窗的影子在她身后的白墙上投下了大片阴影,不仅阻隔了窗外的光线,而且笼罩了惠明(见图1-11)。影片利用铁栏和阴影来暗示惠明的精神压力。她与雷的空间关系——各处景框对立的一端,也传达着对峙的紧张感。场面调度中的

图1-4 《腐蚀》(四)(文华,1950)

图 1-5 《腐蚀》（五）（文华，1950）

图 1-6 《腐蚀》（六）（文华，1950）

第三章　反特影片的肇始：《腐蚀》的改编与意义

图 1-7　《腐蚀》（七）（文华，1950）

图 1-8　《腐蚀》（八）（文华，1950）

图1-9　《腐蚀》（九）（文华，1950）

图1-10　《腐蚀》（十）（文华，1950）

第三章　反特影片的肇始：《腐蚀》的改编与意义

图 1-11　《腐蚀》（十一）（文华，1950）

窒息氛围亦使得惠明的形象变得屡弱无助。这些镜头暗示着特务统治只能通过上级对其下属的残酷胁迫来维持系统运作。

剧本和电影所欲传达的政治主题反复强化了惠明的软弱性：国民党特务机构的残暴性不仅指向特务成员，也指向普通民众。这个宣传主题通过叠印的技巧手段在镜头中表现出来（见图1-12）：祁科长的头部特写占据景框的右半部分，好像从景框外探入，虎视眈眈地窥视；景框的左侧是惠明的身影，躲在树丛后面，侧耳偷听；景框左下角是两人读书并激愤议论的剪影。三组人物的大小比例不对称：祁最大，惠明次之，民众最小。这一构图寓意一个秘密警察社会的运作机制：监视中有监视；秘密中有秘密；特务既监视他人，又被人监视。此外，剧本中，惠明的形象也被扭曲丑化，变得妖魅诡异："惠明的脸，妖艳的浓妆，正对小手镜涂着唇膏，突然斜着眼睛，侧过耳朵去偷听人家的秘密。"[①]

电影中，惠明与顾恺、惠明与小昭的两人镜头中，惠明亦多处于服从位置。比如，惠明向顾恺寻求帮助的桥段。影片整体上采用低调打光，大

---

① 柯灵：《腐蚀与海誓》，第34页。

部分场面由阴影构成。但惠明与顾恺的见面场所设置在明亮开阔的山上。景框的右下角，惠明伏在一棵孤零零的高大树木旁等待，顾恺从景框的左上方进入，沿着山坡下行，走向惠明（见图1-13）。推近镜头，切入小昭遗信的特写：字迹清晰可见且配以画外音（见图1-14）。顾恺告知惠明小昭遭受酷刑后被处决；又以闪回的形式演绎这一讯息。文字与声音、回忆与现场的双重呈现，意在强化小昭的英雄形象。惠明忏悔自己背叛了顾恺，而顾恺则表示宽恕并鼓励她为革命事业作贡献（见图1-15）。惠明之于顾恺的弱势地位，表现在镜头的构图上：惠明站在山坡低处，而顾恺立于高处。这种空间关系使得惠明在与顾恺对话时需仰视顾恺。她在听到小昭处决的消息时，痛苦地伏在树上，烘托出她亟待被拯救的无助感；风中颤抖的叶子及树干时时在惠明身上投下阴影，寓意着她生命与思想被"蒙蔽"的状态。中近景的景别、高调打光、仰拍角度等手法都强化了顾恺作为"拯救者"的角色身份（见图1-16）

总之，以两人镜头为例，《腐蚀》的视觉技巧相当形式化，易于操控。电影打光、拍摄角度、景别构图等技巧手段，都强调男性的主导性与惠明的从属性。这些直接、强烈的视觉效果有助于实现电影的宣传目标。另外，

图1-12 《腐蚀》（十二）（文华，1950）

第三章　反特影片的肇始：《腐蚀》的改编与意义

图 1-13　《腐蚀》（十三）（文华，1950）

图 1-14　《腐蚀》（十四）（文华，1950）

图 1-15　《腐蚀》（十五）（文华，1950）

图 1-16　《腐蚀》（十六）（文华，1950）

第三章　反特影片的肇始：《腐蚀》的改编与意义

电影的形式特征也与时代审美的趣味趋向有关。1950年柯灵与黄佐临指出，由于小说《腐蚀》创作于1941年，茅盾"不能不用恍惚迷离的手法来写，我们今天要求的却是明确更明确"。①本章并非讨论新时代的政治诉求与创作者的主体自由之间的冲突，而是通过揭示文化践行者（作家、电影制片人和评论家等）与管理当局（文化部门及审查者等）以及受众间的错综关系，揭示1950年代初政治话语、法律话语谱系如何渗透大众文化的生产，以及文化践行者的主动参与及其推波助澜之作用。

二　"她"之生死：救赎情结

除了反美主义和性别政治以外，电影《腐蚀》在处理救赎方面也与小说不同。比如，惠明和N试图逃脱国民党特务机关的控制。小说结尾，仅交代惠明安排N逃离而自己并不同行的计划，未交代实现与否；剧本中，逃离计划得到部分实现（N成功逃出，惠明在车站被宪兵逮捕）；影片中，两人都成功逃离。小说始于惠明回忆被其遗弃的婴儿，终于惠明安排误入歧途的N逃离深渊。小说叙述的是惠明的自我悔过和自我救赎，未来前景未明。电影则提供了一种政治许诺：那些悔过的国民党特务值得拥有一个全新的开始。鉴于小说创作的时代背景，国民党特务的自新故事如此讲述，可能受制于其时政治语境的规范和出版审查的考虑。1949年新政权建立之初，那些脱离国民党阵营的故事需要一个圆满的结局。如果说，惠明和N的转向是国民党挫败的性别化寓言，那么光明的结尾则见证着地下党的智慧——他们引领那些"无意中失了足而又不能自拔的女人"走向光明。

《腐蚀》无疑是一部票房成功的政治片。1950年12月，《腐蚀》在上海上映之初打破了1949年后文华影片公司最卖座的电影《我这一辈子》的营业纪录，观众已达22万人左右。②1951年2月，《腐蚀》在沈阳上映，

---

① 佐临：《从小说到电影——代序》，载柯灵著《腐蚀与海誓》，第3页。
② 《文华新片加紧工作　腐蚀售座创新记录》，《亦报》1950年12月28日，第4版。

观众达25万人，超过以往该市票房最高纪录一倍有余。东北影片经理公司特电文华报喜。① 1951年《腐蚀》在广州上映后，创下"国语"对白片卖座的最高纪录——上映9日，观众近13万人，票款总收入逾3.7亿元（旧币单位）。② 这部电影的制作成本（包括拷贝及宣传费用）为13亿元，而票房收入为21亿元。据1951年上半年的统计，上海私营电影公司除了《我这一辈子》与《腐蚀》收入超出了成本外，其他电影或保持平衡，或入不敷出。③《腐蚀》上映后反响热烈，有一名观众甚至致信《新电影》，回忆自己沦为国民党特务的不堪过往。④

《腐蚀》的商业成功与其说归功于它的政治性，不如说与其通俗情节剧的类型元素和耸人听闻的宣传噱头密不可分。比如，《腐蚀》刊载在《大众电影》上的广告词博人眼球："昔日为情人，今日为仇敌，一个搞革命，一个变匪特，志士慷慨死，蟊贼腆颜活，生死两歧路，荣辱任选择。一道命令，两手鲜血，特务们——滥杀青年。一片丹心，千秋壮志，革命家——慷慨成仁。暗室活埋，集体枪杀，黑狱中——罪恶滔天。非刑逼供，女色诱惑，特务们——手段毒辣。""排山倒海的气魄，千锤百炼的结构。"⑤ 单凭"昔日为情人，今日为仇敌""非刑逼供，女色诱惑"等惊险刺激、煽情暧昧的广告词，我们便可看好该片的票房收入。

挑战我们"十七年"文化史认知的是，同一个政治运动——"镇反"运动如何既推动了这部电影的传播又最终导致了它的停映。从1950年12月15日到1951年5月，这部电影的放映恰逢"镇反"运动的发动与朝鲜战争的肇始。作为一部以国民党特务为题材的电影，该片在该运动期间得到了宣传部门的支持。1950年12月21日，《文汇报》文艺副刊用整版篇幅刊登《腐蚀》的影评。1950年12月，《大众电影》第13期以《腐蚀》剧照作为封面，并刊登了电影评论文章与电影镜头插图，热情推介该片。1951年1月

---

① 荻士：《腐蚀在沈阳创新纪录》，《亦报》1951年2月16日，第4版。
② 仲光：《〈腐蚀〉在穗卖座创纪录》，《亦报》，1951年3月15日，第4版。
③ 《电影指导委员会第四次会议（常委会）记录（1951年10月3日）》，吴迪编《中国电影研究资料：1949~1979》上卷，文化艺术出版社，2006，第224~226页。
④ 谷程：《险些我和赵惠明一样被腐蚀》，《新电影》第1卷第3期，1951，第47页。
⑤ 《腐蚀》广告，《大众电影》1950年13期，第17页。

第三章　反特影片的肇始：《腐蚀》的改编与意义

和 3 月,《人民日报》也曾刊载过该片的正面评论。① 1951 年 5 月,上海"镇压反革命电影宣传月"活动中,电影《腐蚀》作为镇压"反革命"及暴露"反革命分子"罪行的十部影片之一放映。各区冬防委员会及民主妇联组织观众,发票给平时不看或少看电影和报纸的里弄居民。从 5 月 5 日开始到 5 月 30 日,41 家影院共放映了 246 场,观众达 244569 人。② 镇压"反革命"电影流动放映队在 5 月份放映了 18 天,共 54 场电影,其中包括《腐蚀》。③

电影《腐蚀》上映不久即遭到停映。据柯灵的回忆,该片停映是因公安部门认为女主角使人同情,而特务是应当让人憎恨的。④ 据杨奎松的研究,1950 年 10 月,中共中央在全国范围发动了"镇反"运动。⑤ 由于上海地位特殊、情况复杂,"镇反"运动在最初阶段较为平稳。1950 年至 1951 年初,该运动采取的措施是由公安部门开展"敌特党团分子"登记工作,迫使原国民党特务机关人员等主动报告登记。直到 1951 年 3 月下旬,上海才像其他地区一样,采取大规模宣判以及处决人犯的办法,将该运动搞得轰轰烈烈。⑥《腐蚀》上映时期,正是上海对特务采取登记坦白,宽大处理的时期。面对各地执行中的审慎态度,中央三令五申,并于 1951 年 3 月明确指示大城市、中等城市放快脚步。⑦ "镇反"运动的升级强化了新政

---

① 王容:《上海观众为进步电影而欢呼》,《人民日报》1951 年 3 月 19 日,第 3 版。新华社:《中国人民电影事业一年来的光辉成就》,《人民日报》1951 年 1 月 3 日,第 3 版。白原:《看〈腐蚀〉》,《人民日报》1951 年 1 月 20 日,第 3 版。
② 《上海市人民政府文化局电影事业管理处关于镇压反革命电影宣传工作的新闻稿》(1951 年 6 月 11 日),上档 B172 - 4 - 95 - 12。"镇压反革命电影宣传月"活动,由上海市文化艺术工作者工会电影院分会、上海市电影院商业同业公会、上海市有关机关团体的放映队,以及中国影片经理公司华东区公司在 5 月间联合举办。
③ 《上海市文化局关于镇压反革命电影流动放映宣传工作的批示》(1951 年 6 月 15 日),上档 B172 - 4 - 95 - 16。
④ 柯灵:《心向往之——悼念茅盾同志》(1981 年 4 月 16 日),载《长相思》,上海文艺出版社,1982,第 176 页。
⑤ 《中共中央关于镇压反革命活动的指示》(一九五〇年十月十日),载中共中央文献研究室编《建国以来重要文献选编》第一册,中央文献出版社,1992,第 420~423 页。
⑥ 杨奎松:《新中国巩固城市政权的最初尝试——以上海"镇反"运动为中心的历史考察》,《华东师范大学学报》(哲学社会科学版) 2004 年第 5 期,第 1~8 页。
⑦ 《转发黄敬关于天津镇反补充计划的批语》(1951 年 3 月 18 日),《建国以来毛泽东文稿》第二册,中央文献出版社,1988,第 168、169 页。

权的"敌情意识";以镇反对象"特务"为主要人物的影片《腐蚀》,其政治文化合法性自然要重新评估。

笔者并非将《腐蚀》的停映简单化地解读为1951年"镇反"运动升级的结果,而是将该部电影的命运置于20世纪四五十年代关于"反革命分子"和"特务"的政治、法律、文化的话语谱系中予以考察,发掘禁映所根植的深层情感结构和价值观念的变迁。早在1946年,评论家就已经指出了小说《腐蚀》的主要意义在于"反特务"(制度)。就主题而言,《腐蚀》属于反法西斯文学——即近几十年欧美流行的、暴露和描写"科学化的警察制度"(即特务制度)的文学。① 1949年前,词语"反特运动"或"反特斗争"泛指根据地的各种政治运动,如1943年至1944年延安的"抢救运动""审查运动"。② 1949年后,"反特"成为文艺宣传的流行主题。

检索1946年至2019年《人民日报》数据库"反特"一词,它常常与"反奸"、"除奸"、"防奸"、"肃奸"等词语组合使用。而且这些词语组合主要出现于1950年代。使用"反特"一词的文章共有261篇;其中,72篇文章中该词与其他词语组合使用,且58篇文章发表于1946年8月18日至1958年6月25日。1950年代"反特"一词烙上了强烈的爱国色彩,而"特务"一词则相应附着上了叛国色彩。《中华人民共和国惩治反革命条例》(1951年2月21日,简称"1951年条例")强化了这种意义的勾连。③《中华苏维埃共和国惩治反革命条例》(1934年4月8日,简称"1934年条例")中,使用"间谍"而非"特务"一词来指称从事秘密破坏、秘密颠覆活动者。④《中华人民共和国惩治反革命条例》(1951年2月21日)将"参加反革命特务和间谍组织",从事"潜伏活动",参与"反革命活

---

① 木君:《书评:〈腐蚀〉》,《新旗》1946年第3期,第4~7页。
② 蒋南翔:《关于抢救运动的意见书》(1945年3月),《中共党史研究》1988年第4期,第64~74页。
③ 《中华人民共和国惩治反革命条例(一九五一年二月二十日中央人民政府委员会第十一次会议批准)》,《人民日报》1951年2月22日,第1版。
④ 《中华苏维埃共和国惩治反革命条例(一九三四年四月八日公布)》,华东政法学院国家与法的历史教研组编《中国国家与法的历史参考资料》第三分册(仅供内部参考),1956,第105~109页。

第三章 反特影片的肇始：《腐蚀》的改编与意义

动"等，列为"反革命"罪行的范畴。①

自 1920 年代以来，"革命"成为一个新的修辞路径，国民党由此抽象化、同一化党员乃至民众之于国家和政党的忠诚性。1926 年至 1951 年，国共两党都曾通过法律条例将"反革命"界定为一种罪行。② 作为罪行的"反革命"，起源于 1926 年 9 月 22 日颁布的《惩治国民党党员违反誓言行为法》。该法规定"党员反革命图谋内乱者"，不论既遂未遂，都被判处死刑。③这一条例表明，国民党党员背叛其忠于党或国的誓言是犯罪的；国民党将其成员对于政党的忠诚要求与对于国家的忠诚要求等同起来，并与"革命"相关联。1927 年 3 月，武汉国民政府公布的《反革命罪条例》是国民党政府颁布的第一部"反革命"专门法例。该条例规定："凡意图颠覆国民政府，或推翻国民革命之权力，而为各种敌对行为者，以及利用外力，或勾结军队，或使用金钱，而破坏国民革命之政策者，均为反革命行为。"1928 年 3 月 7 日，南京国民政府颁布的《暂行反革命治罪法》，继承了 1927 年《反革命罪条例》的绝大部分条例。④ 王奇生认为，只有在"革命"成为"社会行为的唯一规范和价值评判的最高标准"之后，"反革命"才在 1920 年代被建构为最大之"恶"与最恶之"罪"。⑤

中共政权也曾经出台过关于"反革命"的条例。1934 年 4 月 8 日，《中华苏维埃共和国惩治反革命条例》出台，该条例将"反革命行为"界定为："凡一切图谋推翻或破坏苏维埃政府及工农民主革命所得到的权利，意图保持或恢复豪绅地主资产阶级的统治者，不论用何种方法都是反革命

---

① 《中华人民共和国惩治反革命条例（一九五一年二月二十日中央人民政府委员会第十一次会议批准）》，《人民日报》1951 年 2 月 22 日，第 1 版。
② 湖北政法史志编纂委员会编《武汉国共联合政府法制文献选编》，农村读物出版社，1987，第 167～168、175 页。刘燡、曾少编《民国法规集刊》（第一集），民智书局，1929，第 412、413 页。
③ 《惩治国民党党员违反誓言行为法（一九二六年九月二十二日公布）》，湖北政法史志编纂委员会编《武汉国共联合政府法制文献选编》，第 175 页。
④ 《反革命罪条例（一九二七年三月三十日武汉国民政府公布）》，湖北政法史志编纂委员会编《武汉国共联合政府法制文献选编》，第 167～168 页。刘燡、曾少编《民国法规集刊》（第一集）第 412、413 页。
⑤ 王奇生：《北伐时期的地缘、法律与革命——"反革命罪"在中国的缘起》，《近代史研究》2010 年第 1 期，第 32 页。

行为。"① 1951 年 2 月 21 日出台的《中华人民共和国惩治反革命条例》规定："凡以推翻人民民主专政，破坏人民民主事业为目的之各种反革命罪犯"，皆依此条例治罪。② 1954 年至 1999 年，"反革命"被写入《中华人民共和国宪法》（1954 年，1975 年，1978 年，1982 年，1993 年）。③ 其中，1954 年的《中华人民共和国宪法》第 19 条规定："中华人民共和国保卫人民民主制度，镇压一切叛国的和反革命的活动，惩办一切卖国贼和反革命分子。"④ 1999 年"反革命罪"被重新命名为"危害国家安全罪"。⑤

1950 ~ 1951 年，报刊关于《腐蚀》讨论的文章至少有 30 余篇。上映之初，影评人多持褒扬态度。影评中，惠明之辈被划为"胁从者"，而她们应有自新的机会。这种立场也反映了 1950 年末至 1951 年初当局"胁从不究"的宽松政策。⑥ 丹尼（惠明的扮演者）认为，惠明有缺点、性情复杂，但她本质上是个比较单纯的人；惠明的悲剧在于追求个人享乐，缺乏为理想而斗争的政治意识。⑦ 也有论者指出，观众对于惠明有同情，电影更重要的主题是仇恨国民党统治和美国支持的国民党特务组织。⑧ 1950 年 12 月 14 日，大众电影社举行了《腐蚀》电影座谈会，参加者来自多个机构，如民主妇联、交通大学、宁波小学、海关工会、上海总工会、家庭妇联等。发言人姚永德（中西女中）表示，"非常同情"安兰，她令其想起了自己的很多同学，她们经历过相似的人生道路。就发言而论，《腐蚀》的

---

① 《中华苏维埃共和国惩治反革命条例（一九三四年四月八日公布）》，华东政法学院国家与法的历史教研组编《中国国家与法的历史参考资料》第三分册（仅供内部参考），第 105 页。
② 人民出版社编辑部编《中华人民共和国惩治反革命条例》，人民出版社，1951，第 2 页。
③ 王培英编《中国宪法文献通编》，中国民主法制出版社，2004。
④ 《中华人民共和国宪法（1954 年 9 月 20 日第一届全国人民代表大会第一次会议通过）》，王培英主编《中国宪法文献通编》，中国民主法制出版社，2004，第 211 页。
⑤ 《中华人民共和国宪法修正案（1999 年 3 月 15 日第九届全国人民代表大会第二次会议通过 1999 年 3 月 15 日全国人民代表大会公告公布施行）》，王培英主编《中国宪法文献通编》，第 112 页。《中华人民共和国宪法（1954 年 9 月 20 日第一届全国人民代表大会第一次会议通过）》，王培英主编《中国宪法文献通编》，第 211 页。
⑥ 林植：《对〈腐蚀〉一两点意见》，《文汇报》副刊 1950 年 12 月 21 日，第 2 版。徐风：《警惕！〈腐蚀〉观后》，《文汇报》副刊 1950 年 12 月 21 日，第 2 版。
⑦ 丹尼：《我所了解的赵惠明》，《大众电影》1950 年第 13 期，第 9 页。
⑧ 梅令宜：《看〈腐蚀〉》，《新电影》第 1 卷第 2 期，1951，第 43 页。

第三章 反特影片的肇始:《腐蚀》的改编与意义

政治宣传目的在参会者身上已见成效。比如魏羽(民主妇联)说:"过去我对美帝认识不够,以为他是帮助我们的,[……]影片中的'中美特种合作所',原来如此!后面就是一个集中营,在这里面,他们'帮助'了反动派,不知杀害多少中国人民。这种狠辣的事,每一个中国人都非常痛恨,这是不共戴天之仇,我们要报复。"又如陈惠珍说:"从这部片子中,我们明白看出蒋匪帮在抗日战争时,非但没有抗战的决心,不打日本,反而常常在准备妥协,特务们还勾结了日寇。"[①] 一个普遍的观点就是该片以艺术的方式满足了当前的政治宣传需求:即揭露国民党统治的黑暗及其邪恶的特务机构,摧毁许多人心中残留的亲美幻想。1950年12月,黄裳称赞电影《腐蚀》将政治与艺术完好地结合起来,电影利用了高级技巧讲述了一个感人的故事,教育观众共产党在抗日战争中发挥的主要作用。[②] 林植称该片为1949年后制作的最优秀的电影之一。[③]

随着1951年《中华人民共和国惩治反革命条例》的出台和"镇反"运动的升级,对电影《腐蚀》的讨论转向批判。讨论的焦点是观众是否应该同情惠明。惠明此刻更多地被视为"反革命分子""叛徒"而非"胁从者"。一旦惠明被标上这些身份,任何同情她的观众都可能面临政治风险。黑婴明确地将这部电影与"1951年条例",电影人物惠明与现实中的"美蒋特务"联系起来,并坚持要求新政府对他们采取严厉的政策。他强调,观众不应该同情惠明。[④] 1951年4月,晓端谴责惠明为"人民的叛徒",并表示无法接受其在社会主义新中国成为一名电影主角的事实。[⑤] 同情惠明的观点也被批判,其理由为"反革命分子"若不受惩罚,则有违"1951年条例"。重庆文艺界的讨论者认为,电影《腐蚀》有严重问题,它干扰普通民众对"反革命分子"的认识;在"镇反"运动中,部分民众对他们可能采取宽容的态度。[⑥] 1951年初,《解放日报》似乎预感到政治风向的

---

① 路夫:《座谈〈腐蚀〉》,《大众电影》1950年第13期,第14~15页。
② 黄裳:《关于〈腐蚀〉》,《〈文汇报〉副刊》1950年12月21日,第2版。
③ 林植:《对〈腐蚀〉一两点意见》,《〈文汇报〉副刊》1950年12月21日,第2版。
④ 黑婴:《黑婴文选》,世界图书出版广东有限公司,2013,第219、220页。
⑤ 晓端:《关于电影〈腐蚀〉》,《东北文艺》第3卷第3期,1951,第68页。
⑥ 李珋:《赵惠明这个人物同情她还是仇视她?》,《大众电影》1951年第25期,第21页。

变动，制定了一项政策，即 4 月至 6 月对于"镇反"运动的报道应更多关注镇压而非从宽。①

电影《腐蚀》的停映可以从关于"特务"与"反革命分子"的政治、法律、文化话语谱系中找到禁忌的因子。惠明的接受困境在于：一方面，在拯救"不能自拔的女人"这一主题框架下，其角色设定必然要求对她去势化，从而易于获得观众的同情；另一方面，《中华人民共和国惩治反革命条例》将"特务"与"反革命分子"勾连起来，宣布了国民党特务是新政权镇压、严惩的群体。《腐蚀》的停映是对电影的"光明尾巴"——许诺惠明和 N 的政治新生——的现实反讽。时至 1951 年，惠明这样身份的人物不再是值得同情的"合法"对象。

早在 1951 年 2 月，有影评者与文化管理者已感受到政治风向的转变，他们呼吁柯灵和黄佐临根据对待"反革命分子"的最新政策来修改剧本，重新拍摄电影。该片的高票房和"镇反"运动的展开，亦促使文化管理者格外警惕。1951 年 2 月 17 日，《腐蚀》在北京和天津上映不久，北京市文艺处组织了一次电影讨论，参加者来自市电影部门、文化部、文学界等单位。他们要求文华电影公司根据其建议重新拍摄该片。比如，监狱夜会的桥段中，电影表现了惠明救人心切，突出了两者的浪漫感情而忽视了阶级斗争的表现。惠明的形象塑造充斥着小资产阶级的人道主义，会导致政治落后的观众同情她，偏离了严厉对待"反革命分子"的新政策。他们提议，较好的处理方式是面对小昭——真理与正义的化身时，惠明应被刻画为一个卑微的女人。他们还要求文华电影公司不要忽视她作为"反革命分子"特务所犯下的罪行。② 与此形成对照的是，1950 年 12 月 20 日，上海人民艺术剧院举行的电影讨论。该会的讨论者认为，电影《腐蚀》的缺点主要限于艺术层面，比如人物设计上，小昭和顾恺的某些细节缺乏可信性。③

电影《腐蚀》的命运显示了上述政治、法律的话语如何跨界并作用于

---

① 《解放日报》夏季（四、五、六月）"报导提要"，上档 A22-2-54。
② 凤子：《评〈腐蚀〉》，《北京文艺》第 2 卷第 1 期，1951，第 55～58 页。
③ 大春：《〈腐蚀〉座谈》，《〈文汇报〉副刊》1950 年 12 月 23 日，第 2 版。

第三章 反特影片的肇始:《腐蚀》的改编与意义

文化的话语;它们的相互作用又如何影响了对这一文化产品的"合(非)法性"的裁决。1950年代,公安机关会因应某个政治运动做出文化反应,提倡或禁止某种文化创作,比如,"反特片"。1950年代初期上海开展"镇反"运动时,公安部部长罗瑞卿建议茅盾写一部关于"镇反"运动的电影剧本,并授权其可以调阅上海重大"反革命"案件的卷宗、走访相关人员。茅盾至上海搜集素材后,创作了一个电影剧本,并交给文化部电影局的袁牧之,但此事最终不了了之。[①] 不同部门负责人共同参与文化产品的生产,这意味着政治、文学和电影领域的界限日益模糊,也预示着要满足不同领域的诉求,困难重重。公安机构之于文化机构的建议不宜简单地解释为国家权力机器对于文学艺术家的干预,因为文艺工作者本身亦推动了政治领域与文化领域的整合。一方面,有的创作者如黄佐临和柯灵,共同编制了"中美合作所集中营"的故事;另一方面,也有部分知识分子和文艺工作者如绿原、叶浅予等,因其与"中美合作所"的种种关系而被指控为"美蒋特务",获罪入狱。[②] 虚构的艺术暴力演变为现实的人生灾难,可谓悲矣。在此意义上,知识分子与文化人不仅受到其时政治文化形态的制约,而且他们通过自身的审美实践也参与形构了这一文化形态。在此文化体制中,他们可能既是形塑者又是被形塑者,既是施害者又是受害者。

三 性别叙述:表征与编码

《腐蚀》从小说到剧本及电影的文本流变过程,折射着发生于20世纪中期中国文化的转型与冷战文化的肇始。尽管这部电影最终被停映,但上述文化政治形塑了日后"反特片"的镜头语言技巧与叙事架构模式。而小

[①] 周而复:《往事回忆录之三:朝真暮伪何人辨》,中国工人出版社,2004,第105页。
[②] 绿原与"中美特种技术合作所"的关系及其获罪,可参见《人民日报》编辑部编《关于胡风反革命集团的材料》,人民出版社,1955,第92~93页。罗孚:《北京十年》,中央编译出版社,2011,第275、276页。叶浅予曾任职于"中美特种技术合作所"(1944年秋至1945年春),后亦因此获罪。叶浅予:《叶浅予自传:细叙沧桑记流年》,中国社会科学出版社,2006,第320、353、359页。

说《腐蚀》与"反特片"的最明显关联在于后者对于前者的互文性指涉。《无形的战线》（东北电影制片厂，1949）被视为第一部"反特"电影。该片两次指涉到小说《腐蚀》。故事发生在东北新解放的一座城市。一名被胁迫加入国民党特务机构的姑娘崔国芳，最终向当地公安部门坦白了身份，并协助他们破获了当地残留的国民党特务团伙。其中一个场景是工厂女干部与崔国芳的对话。女干部从书架上取下来一本书，称赞它是一本描写国民党特务统治的好书，等崔国芳看完后，自己还要再看一遍。切入书的特写镜头——《腐蚀》（见图1-17）。崔国芳问女干部，像惠明这样的是很值得同情的吧。女干部回答说：惠明太软弱了些，但相信她在解放区只要彻底坦白、改造思想，就是有出路的；像惠明这样的人属于"胁从分子"，按照"胁从不究"的原则，相信不会被判罪。这段对话后又以女干部回忆的形式重复演绎。

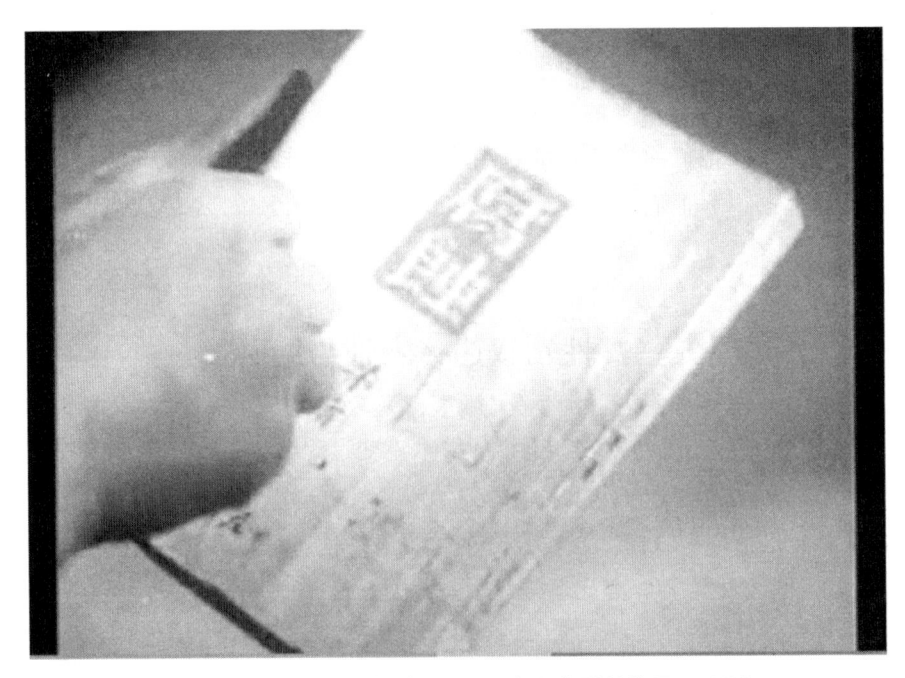

图1-17　《无形的战线》（一）（东北电影制片厂，1949）

第三章 反特影片的肇始:《腐蚀》的改编与意义

《无形的战线》对小说《腐蚀》的指涉,提供了解读惠明的另一向度——软弱性。这预示着日后"反特片"想象和表现国民党年轻女特务的流行模式:误入迷途、个性软弱、亟待被拯救(见图1-18)。就场面调度而言,政治教化的权力关系结构了崔国芳与女干部的两人镜头(见图1-19);而崔国芳与特务上级的两人镜头(见图1-20),亦可在惠明与其上级的两人镜头中找到的回响。1951年《腐蚀》的停映宣布了惠明这样的国民党特务在新世代不再拥有新生机会——她们即使有悔过之心,在"反特片"中也往往以死亡告终。比如,《英雄虎胆》(八一电影制片厂,1958)中的阿兰,《徐秋影案件》(长春电影制片厂,1958)中的徐秋影。而且,她们的死也要"死得其所"。比如,《英雄虎胆》在塑造解放军侦察员曾泰时,沿用了流行的诱惑-拒绝的情节模式。该片讲述了曾泰冒充一名台湾派遣到大陆的国民党副司令,打入国民党特务内部,最终帮助解放军消灭了广西境内的国民党残留部队。其间,部队首领夫人李月桂的亲信阿兰,爱上了英勇潇洒的曾泰。导演严寄洲原本很得意自己的结尾设计:在国民党残余势力被剿杀的过程中,阿兰发现,自己爱上的副司令竟然是共产党

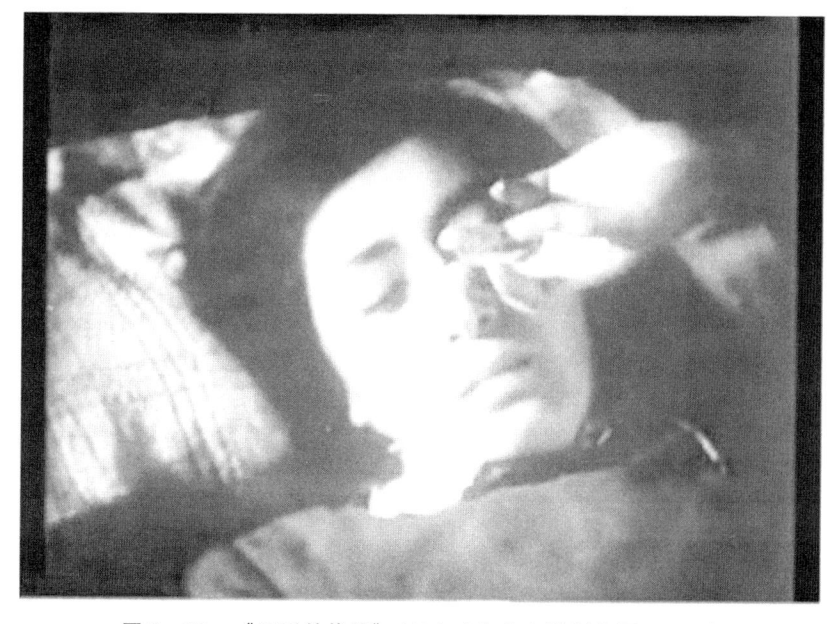

图1-18 《无形的战线》(二)(东北电影制片厂,1949)

文学·影像·空间：当代文艺风景管窥

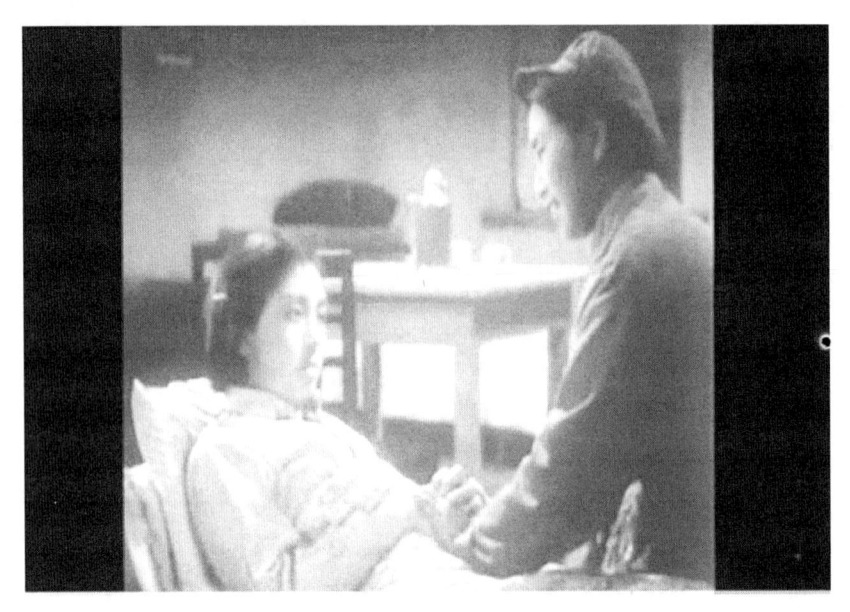

图1-19　《无形的战线》（三）（东北电影制片厂，1949）

图1-20　《无形的战线》（四）（东北电影制片厂，1949）

的侦察员。阿兰痛苦地扣动扳机，射中曾泰的左臂，随后对准自己的头部自杀。结果，影片剪完送审时，阿兰的自杀被批判为"美化"、"颂扬"敌人。严寄洲不得不重拍结尾，并要求王晓棠（阿兰扮演者）开枪时要龇牙咧嘴："要多凶狠就多凶狠，要多狰狞就多狰狞，要多丑恶就多丑恶。"阿

088

第三章 反特影片的肇始:《腐蚀》的改编与意义

兰向曾泰开枪后,被"我军排长一枪击毙"。如此修改后,方通过审查。①

1949年后大陆文化政治中的反美主义也成为"反特片"常见的叙述元素之一。"反特片"将冷战格局下中国大陆与美国的紧张关系、美国与中国台湾的同盟关系,搬上银幕:"美国"成为其电影想象中反复出现的政治符号;"美国"元素往往成为激发观众民族主义情绪的反面存在。比如,《天罗地网》(上海电影制片厂,1955)中,台湾方面派遣特工潜伏大陆,收集情报。他们被空降到大陆的山上,背上的战斗包有两个大大的英文字母——U.S.,这种自我暴露的标签与其潜伏大陆的使命自相矛盾,也与其时对方正在山林里搜索的剧情不甚合拍。此外,中国台湾-美国的政治同盟关系也肉身化为台湾国民党将军和其美国顾问官的工作关系;按照"反特片"一贯的叙述逻辑,该将军自然要被"矮化",对美国顾问官唯命是从。

又比如,"反特片"《神秘的旅伴》(长春电影制片厂,1955)。该片讲述了中国西南边境地区边防战士破获的一桩特务案件,改编自白桦的《一个无铃的马帮》(《人民文学》1954年第11期)。该案件的主谋被设定为美国人。前美国驻某边境城市的领事艾伯勒·斯莫伍特,在交界处通过马帮主人魏福将武器和通信器材带给中国境内的"天主教堂的神甫范开修"。他说:"这少量货物是美国政府给赤色中国对美国存在着希望的人的支援。"② 小说将艾伯勒·斯莫伍特的身份设定为美国间谍,并与神甫范开修有联系。但小说并未正面着墨的范开修,在电影中作为重要的反面人物现身。他长着西洋人的面孔,操着流利的中文。电影中,神甫的身份被设定为美国政府派到中国大陆的间谍。其结局照例是美国阴谋败露,边防战士捕获神甫。又比如,《徐秋影案件》。该片讲述的是公安人员侦破一件政治谋杀案件。案件的幕后黑手就是代号P491的国民党特务罗精达。而罗精达自1946年后"一直在美国",后被台湾派遣至大陆收集情报。"反特片"中,"美国"要么肉身化为美国特务,要么作为政治符号醒目地标识出来。

---

① 严寄洲:《〈英雄虎胆〉:一次苦涩的创作》,《大众电影》2006年第9期,第40、41页。
② 白桦:《一个无铃的马帮》,《人民文学》1954年第11期,第71页。

尽管"美国"作为一个政治符号关乎负面，但"反特片"中"美国"的表征依然可能流露出一种挥之不去的吸引力。比如，《英雄虎胆》塑造解放军侦察员曾泰时，沿用了流行的诱惑－拒绝的情节模式。最令人难忘的是阿兰跳伦巴的桥段。李月桂在宴席上以畅饮狂欢来试探曾泰身份的真假。西洋音乐响起，李月桂感叹："啊！听到了这种音乐，使我想起了国外的生活。那是多么、多么的美啊！霓虹灯，爵士乐，香槟酒，高贵的美国朋友！"李月桂建议，阿兰陪曾泰跳一段伦巴。阿兰从远处跳着伦巴来邀请曾泰，以全景、中景的镜头表现。据于洋（曾泰扮演者）回忆，为拍摄这段跳舞桥段，剧组特意从香港请了电影专家。剧中穿的衣服是港式的服装，跳的舞也是香港一带时兴的伦巴舞。当时还拍了很多手脚与眼睛的特写镜头。[①] 这些特写镜头在审查时都被剪掉。

无论是场面调度，还是电影剪辑，跳舞桥段都烘托出曾泰的主导性和阿兰的边缘性。切入两人跳舞的全景镜头。后切入曾泰的过肩镜头而非两人的正反镜头。曾泰面对着镜头；曾泰的面部特写快速地与李月桂的特写、国民党首领的特写、周围国民党士兵的镜头等轮流切换。镜头的剪辑，暗示着曾泰的视角。曾泰的双重身份要求他既要通过敌人的"堕落"考验，同时又要保持侦察员的"坚贞"立场。这一两难，最终凭借叠化的视觉技巧得以化解：在场国民党特务大吃大喝、面目狰狞的镜头上，叠化着他们先前以战火洗劫村庄的镜头，如燃烧的房舍、挂在树上的尸体、哭诉的老婆婆、被害的小孩。这一时空的叠化，显然是以曾泰的视角展开，表现他所见与所思的背反，进而解除了其双重身份的危机。这与《腐蚀》中监牢夜会的表现方式相似，那些不在场的（受刑的犯人或蒙难的村民）比在场的（惠明或阿兰）更占据男主人公的情感世界。在这些场面中，无论是阿兰，还是惠明，她们都鲜有正面镜头。

表现国民党特务"腐败"生活方式时，"反特片"中的"美国"元素往往以语言符号而非直观影像展现出来。严寄洲曾在刚盖好的、具有外国风情的新疆驻京办事处，拍摄了一组阿兰幻想和曾泰在美国浪漫生活的七

[①] 于洋、沙丹：《有人情味的剿匪片》，《大众电影》2006年第9期，第41页。

第三章　反特影片的肇始：《腐蚀》的改编与意义

八个镜头，比如，驾驶别克车、在游泳池里游泳、在咖啡馆喝咖啡、跳舞等。审查时，这些镜头都被剪掉。① 它们只能由美丽幻像压缩为个人感叹。阿兰对曾泰说，自己现在年轻有钱，"我应该到香港、美国，去过几天舒舒服服的日子！"即便如此，《虎胆英雄》在"文革"时期还是面临三大"罪状"：曾泰的行动表现得比土匪还土匪；阿兰太漂亮，会使观众想入非非、丧失立场；特务生活方式"太腐败"，"会腐蚀观众灵魂"。② 这种危机其实是诱惑－拒绝的叙述模式固有的危机，只是随着政治形势的变化，文化可接受的阈值不断被调整而已。时至1964年，上海电影局因当地影院反映不少观众热衷于《英雄虎胆》中的"黄色"画面，故删减了阿兰跳伦巴舞的部分镜头：削减伦巴舞的画面，保留与跳伦巴舞相间的曾泰回忆镜头和国民党特务面目"狰狞"的镜头。③

1949年以后，中国大陆小说版图重组中，旧小说被作为"黄色书刊"排除出去；革命传奇、惊险小说取而代之。尤其是"反特"题材的惊险小说，在青少年中广为风行。④ 该类小说兼具了娱乐性与革命性，满足了政治教育、通俗消遣、惊悚刺激等多重面向的需求。惊险小说可教育读者懂得阶级斗争的复杂性，提高"革命警惕性"；科幻小说可启发青年对于科技的爱好，鼓励"征服"自然等。文艺工作者还对惊险小说与近代以来传入中国的西方侦探小说进行区分，以建构其文化身份的政治合法性。其时流行的论证范式如下：侦探小说里的"英雄"是"超人"，而惊险小说里的人物是"和群众在一起的普通人"；惊险小说是保卫社会主义社会，而侦探小说是宣传资产阶级社会秩序稳定的。⑤ 1949年以后，惊险小说与科幻小说的兴起，某种程度上源自冷战现实的刺激。其时，以美苏为首的两大阵营投入大量国家资源进行军备科技竞赛与颠覆活动。这些小说又反过来参与了冷战思维与情感模式的构型。

---

① 于洋、沙丹：《有人情味的剿匪片》，《大众电影》2006年第9期，第41页。
② 严寄洲：《〈英雄虎胆〉：一次苦涩的创作》，《大众电影》2006年第9期，第39页。
③ 《上海市电影局致市委宣传部并张书记》，1964年9月23日，上档A22－1－798－17、18。
④ 《关于惊险小说答问》，洪子诚编《二十世纪中国小说理论资料》第5卷，北京大学出版社，1997，第138页；以下省略编者和出版社、出版时间。
⑤ 《关于惊险小说答问》，《二十世纪中国小说理论资料》第5卷，第138、139、141页。

在特务的想象与叙述方面，中国大陆与台湾的故事往往异曲同工——以同样的类型化的文化产品负载不同的政治宣传讯息。1950年代美国新闻处在中国台湾与香港也资助了间谍小说的图书出版项目。比如，1955年台北的美新处策划一项针对海外华人的图书项目，招募台湾作家写作"原创"小说，依照的是美新处拟定的两三个故事情节。这些故事情节往往取流行小说之形，但传达美新处的基本宣传主题。① 其中有一个故事如下：Chang Ta-wei，一名来自中国大陆的秘密特务，以难民的身份潜伏到台湾定居。他爱上了当地女孩Mei-fang，但他不愿意直面自己在台湾生活幸福的事实。经过思想斗争后，他决定坦白自己的身份，告发他的上级。该故事的结局是这位上级在一场与Chang Tai-wei的争斗中丧生；Chang Tai-wei与Mei-fang喜结良缘。而事实上，国民党警方早已掌握了其上级的身份，并通过他所接触的人员发现了其他潜伏的中国大陆特务，包括Chang Tai-wei。②

尽管双方特务故事的政治取向各不相同，但都拥有极其相似的形式特征与文化政治：主角塑造中的性别政治与党派政治的考量；情节设计背后的中国政治与冷战政治；情节强、节奏快的通俗形式的追求。两党对峙与两性浪漫彼此挪用、互为表里；浪漫的爱情是挫败敌方对手最好的糖衣炮弹。这一模式在Chang Tai-wei与Mei-fang、惠明与小昭、阿兰和曾泰等人物关系的设计中均可找到影子。这种设置又可以从早年好莱坞电影英雄美人的人物搭配中找到套路的源头。在人物塑造上，"我方"的主角总是显得格外有吸引力；"敌方"的人物总是爱上主角，进而背叛自己所属的政治阵营。比如，Chang Ta-wei和Mei-fang确立关系的夜晚场景，被要求设计得性感而无道德堕落，令人兴奋而无满足厌倦感；他们的婚礼场景也被要求设计为一场恰当、快乐的婚礼而非混乱、草率的乡村婚礼。③ 此

---

① From USIS-Taipei to USIA, 10 May 1955, RG 84, Entry UD 2689, Container 6, Folder: Chinese Students.
② Enclosure to Dispatch from USIS-Taipei to USIA Dated 10 May 1955: Story Line, RG 84, Entry UD 2689, Container 6, Folder: Chinese Students.
③ Enclosure to Dispatch from USIS-Taipei to USIA Dated 10 May 1955: Story Line, RG 84, Entry UD 2689, Container 6, Folder: Chinese Students.

第三章 反特影片的肇始：《腐蚀》的改编与意义

外，警察形象（侦察员、边防战士等）总是千篇一律被设置为神般的存在，他们总是掌控剧情走向，明察秋毫、挫败阴谋。

1950 年代、1960 年代，是一个特工类型小说与电影风行的年代。Michael Denning 将 1960 年代英国间谍小说的流行归因于作品所反映的特定历史情境。英国自 1956 年苏伊士运河事件后丧失了其在世界格局中的霸权地位，她在世界范围内的殖民统治亦走向瓦解。Denning 将间谍小说视为"冷战时期的战争小说"（the war novel of the Cold War）和"殖民地独立运动时代的头条故事"（the cover story of an era of decolonization）。Denning 还指出，1950 年代和 1960 年代初，平装书的出现也推动了间谍小说的流行。1965 年，Pan Books 出版社卖出了总计 2100 万册平装书，其中 600 万册是詹姆斯·邦德小说。[1] 而 1950 年代中国大陆流行的"反特片"，上演的则是银幕版的冷战在中国。一方面，美国中央情报局（CIA）在香港地区招募和训练国民党人员和第三势力，并空降他们到大陆地区进行各种准军事行动；[2] 另一方面，"反特片"上演了一场场战无不胜的小型战争。1950 年代"反特片"的涌现，某种程度上通过银幕上的战争寓言缓解了时代焦虑，强化了新政权的政治合法性。

国共两党的对抗、中美冷战格局的现状，以及内部政治运动的动员等元素相互作用，在银幕上共同构建了一个不断遭受并成功挫败"美蒋特务"阴谋破坏的国家形象。这种普遍弥散的战争氛围在首部"反特片"《无形的战线》中即已直接呈现出来。电影开头与结束重复一个镜头："毛主席说：'……在拿枪的敌人被消灭以后，不拿枪的敌人依然存在。他们必然要和我们作拼死的斗争，我们绝不可以轻视这些敌人……'"。该镜头为日后的"反特片"奠定了浓厚的"阴谋论"的基调。惠明一类的女特务在新世代既不值得拥有同情，也不再有存在的理由。比如，《徐秋影案件》中，1949 年后徐秋影因不屈从罗精达的威胁，拒绝参与特务活动而被其杀

---

[1] Michael Denning, *Cover Stories: Narrative and Ideology in the British Spy Thriller*, London and New York: Routledge and Kegan Paul, 1987, pp. 4, 20, 21, 92.

[2] Chi - Kwan Mark, *Hong Kong and The Cold War: Anglo – American Relations 1949 – 1957*, Oxford: Oxford University Press, 2004, pp. 189 – 191.

害。在该部电影的结尾，公安局处长仍然告诫彭放（徐秋影的前男友）："徐秋影是个走第三条道路的特务。秋涤凡呢，是个披着人皮的狐狸。哎！所以说，站稳立场，提高警惕，永远是我们的座右铭呀！"最后，彭放奔赴朝鲜战争前线；处长与汪亮奔赴新任务现场。彭放说："让我们在不同的战场上都获得更大的胜利呀！"这个结尾象征着国内战场与国外战场、小型战争（"反特"）与大型战争（朝鲜战争）、虚构战场与现实战场，已经彼此交织混为一体。该片取材于真实案件，曾轰动一时。亦梦亦幻的是，该案件在1980年代被证明是一宗冤假错案。虚构取代了现实，令人唏嘘真假幻化、造化弄人。战争的焦虑，无论是想象的还是现实的，有效地消弭着政治、法律和文化间的边界，促使"阴谋论"升级为新时代政治文化形态的核心概念之一。战争的修辞，从比附军事的文艺用语（"文艺尖兵"、"文艺队伍"、"文艺战线"等）到广泛流行的"反特片"，成为1949年后文化形态的重要构成部分，也成为时代氛围的心理投影。即使冷战已经时过境迁，这种对抗的焦虑依然会浮出历史地表。冷战文化在中国的退潮，仍然是一个交织衍生、曲折行进的漫长过程。

第四章 左翼文艺的承继：《二月》的改编与接受

1962年，导演谢铁骊将柔石的《二月》（1929）改编为同名剧本发表，并于次年将其拍摄为电影《早春二月》。电影讲述了知识青年萧涧秋来到芙蓉镇作教师，却在小镇上新旧两派的观念冲突中陷入了扶助烈士遗孀文嫂与舍弃自我爱情的艰难处境。影片最终以萧涧秋离开芙蓉镇结束。该片叙述流畅，表现细腻，宛如一首白墙青瓦、小桥流水的江南之歌。它以蓝灰色为主调，悄悄吟唱春寒乍暖时节芙蓉镇的哀乐人生。

1964年8月中宣部指示《早春二月》在全国公开放映，并给予批判。当时关于《早春二月》的批判基本上围绕9月15日《人民日报》所刊《〈早春二月〉要把人们引到哪儿去？》一文的几条线索展开：（一）从电影对小说原作的改编入手，讨论谢铁骊的《早春二月》对于柔石的《二月》是否消极改写并粉饰其缺点；（二）从电影的人物形象入手，分析萧涧秋与陶岚的思想情感与形象塑造，论者视两者为资产阶级个人主义和人道主义的表征，批判影片"美化"了小资产阶级知识分子；（三）从电影的"美化"技巧入手，讨论电影如何以艺术手段与电影语言塑造人物、表现主题以及营造抒情色彩。1980年代以来，有关《早春二月》的讨论仍围绕上述问题展开，研究向度与切入角度并无新意，但在价值取向上呈现反转[①]，重评文章多侧重于分析该影片的艺术成就。

笔者基于档案文献的爬梳与文本的比较，辨析从左翼小说《二月》

---

① 陈骏涛、杨世伟、王信：《关于〈二月〉的再评价》，《文学评论》1978年第6期，第58~68页。

（1929）到电影剧本《二月》（1962）再到电影《早春二月》（1963）的改编策略，并勾勒出1964年该电影复杂的接受状况。小说《二月》中浪漫感伤的情调和芜杂粗糙的叙述在电影《早春二月》中被革命、通俗、抒情等多种元素所改写。1964年9月15日始，《早春二月》在沪上映，竟引发上海市民通宵达旦抢票热潮，场面一度混乱、失控。尽管上海高校组织学生观影前学习《早春二月》的批判文章，观影后进行批判讨论，但青年学生普遍喜爱该片。本章由此个案，进一步探讨如下问题：同一部电影作品何以同时引发青年学生的好评与主流报刊的批判两种不同的反应；1960年代前期社会主义文艺构型、左翼文艺传统以及与新文学发生发展如影相随的西方"资产阶级文学"资源构成何种关系。《早春二月》的改编与接受所遭遇的问题及其困境，无疑需要重新加以深入检讨。

一 从浪漫"孤雁"到革命青年

抒情性是《早春二月》的重要品格，它往往通过以景喻情、以景传情、以景抒情、情景交融等艺术手段予以实现。影片的抒情格调亦可视为忠于小说内容及其表现手法的结果。小说中，柔石常常将景色描写与人物活动结合处理。比如，"雪"的意象在小说中多次出现，喻写萧涧秋的心理活动[1]，而雪景亦是影片中多次表现的素材。小说描写萧涧秋离开文嫂家："萧涧秋在雪上走，有如一只鹤在云中飞一样。他贪恋这时田野中的雪景，白色的绒花，装点了世界如带素的美女，他顾盼着，他跳跃着，他底内心竟有一种说不出的微妙的愉悦。这时他想到了宋人黄庭坚有一首咏雪的诗。他轻轻念，后四句是这样的：贫巷有人衣不纩，北窗惊我眼飞花。高楼处处催沽酒，谁念寒生泣白华！"[2] 电影基本传达了萧涧秋怜贫惜苦的诗意情怀。影片中，萧涧秋轻轻跃起，光洁秀丽的江南雪景，轻快的西洋配乐，都表现出他扶弱救危后的愉悦。周遭景物似乎都为萧涧秋的到

---

[1] 柔石：《二月》，上海书店出版社，1929，第56页。
[2] 柔石：《二月》，第39~40页。

第四章 左翼文艺的承继:《二月》的改编与接受

来而雀跃,玉树琼枝彰显着他扶穷济困的纯洁品质。整个画面彰显出萧涧秋与冰雪相映、天地共融的道德风度。这种光线渲染与景色烘托在1964年的影片批判中被指为"美化"萧涧秋的道德行径。①

影片中频繁出现的"拱桥"意象也是忠于小说景物描写的结果。但影片中的"拱桥"并非仅仅是江南水乡的表征,它还具有纵深空间多视点的调度及多种意义功能。拱桥的优美弧度与一线蓝天、一泓碧水构成了隽秀而稳重的线条造型,极具画面感。它一方面实现了西村文嫂与芙蓉镇陶家及学校的空间转换,另一方面切换着萧涧秋对于文嫂与陶岚两种情感(同情与爱情)和两个世界(穷困与富足),沟通着彼此的心灵空间。小说《二月》中描写了萧涧秋清晨在桥边迎采莲(文嫂之女)来上学:"这是一个非常新鲜幽丽的早晨,阳光晒的大地镀上金色,空气是清冷而甜蜜的。田野中的青苗,好像顿然青长了几寸;桥下的河水,也悠悠地流着,流着;小鱼已经在清澈的水内活泼地争食了。"② 上述意象在电影中以空镜头的形式表现出来:拱桥下游过白鸭只只,掩映着白帆点点、绿树丛丛(见图4-1)。空镜头中蓝天与白云,河岸繁茂丛生的粉色花枝与河面成群结队的白色鸭子,宽阔的河流与绵延的山峦及高耸的古塔,无一不相映成趣(见图4-2)。导演以生机盎然的早春景物喻写萧涧秋道德情怀落实后的欢欣与文嫂家人绝处逢生的喜悦。又如,电影结尾萧涧秋离开芙蓉镇投身时代的洪流,陶岚闻讯追赶而去。导演用了一组陶岚奔跑的跟拍镜头和一排篱笆的前景设计,衬托出"奔跑的速度和冲击力"。③ 陶岚跑到拱桥的最高点时便消失了,画面最后定格在一片蓝天浮云中(见图4-3)。在"拱桥"这个芙蓉镇的地理坐标上,陶岚冲出封闭小镇的力度与大时代天高任鸟飞的广度完成了寓意的衔接,实现了天地人的融合、意境的升华。

---

① 任杰批评此一外景画面清新爽朗,具有感人的魅力——芙蓉镇郊银装素裹,春雪朝阳。这一画面与前一场破败黯淡的文嫂家在画面色调及气氛上构成了突变,令人豁然开朗。任批评此处景物烘托,"摄影处理又是那么彻底的投合"。任杰:《〈早春二月〉的摄影倾向》,《电影艺术》1964年第4期,第25页。
② 柔石:《二月》,第74页。
③ 王小明编《谢铁骊谈电影艺术》,重庆大学出版社,1999,第19页。

文学·影像·空间：当代文艺风景管窥

本章电影视频来源：电影网。

图 4-1　《早春二月》（一）（1963）

图 4-2　《早春二月》（二）（1963）

第四章　左翼文艺的承继:《二月》的改编与接受

图4-3　《早春二月》(三)(1963)

尽管《早春二月》承继了小说《二月》的抒情性及其表现手段，但影片极力消除小说人物周身弥散的感伤气质，剧情上增加了鲜明的革命元素。小说中的萧涧秋没有父母，也没有家庭。他自拟为"孤雁"，且自始至终沉醉于这种孤独："我是喜欢长阴的秋云里底飘落的黄叶的一个人。"[①] 小说中，萧涧秋填词的《青春不再来》亦可视为他顾影自怜的呢喃：

　　荒烟，白雾，
　　迷漫的早晨。
　　你投向何处去？
　　无路中的人呀！

　　洪濛转在你底脚底，
　　无边引在你底前身，

---

① 柔石：《二月》，第49页。

但你终年只伴着一个孤影,
你应慢慢行呀慢慢行。

记得明媚灿烂的秋与春,
月色长绕着海浪在前行。
但白发却丛生到你底头顶,
落霞要映入你心坎之沁深。

只留古墓边的暮景,
只留白衣上底泪痕,
永远剪不断的愁闷!
一去不回来的青春。

青春呀青春,
你是过头云;
你是离枝花,
任风埋泥尘。①

这种青春感伤与落寞的爱情、荒渺的人生裹挟在一起,充满五四时期流行的浪漫文艺腔。在剧本和电影中,萧涧秋为《青春不再来》填词的情节被改编为谱写《徘徊曲》;青春颓唐的主题也被重新编码为大革命时代知识分子的思想苦闷之音。剧本中,萧涧秋在杭州葛岭因"中路彷徨"而作《徘徊曲》。②之后,夏衍又增补如下内容:(萧涧秋)"那时候'五四'运动像一场风暴一样过去了,有不少同学被学校开除了,也有的人做了官,得发了。我彷徨得很,不知道怎么办才对!"据谢铁骊回忆,当时以自己的阅历无法写出对那个时代如此深刻的体认。③

---

① 柔石:《二月》,第 45~47 页。
② 谢铁骊:《二月(电影文学剧本)》,《电影创作》1962 年第 3 期,第 25 页。
③ 谢铁骊:《往事难忘怀——忆夏公与〈早春二月〉》,《电影艺术》1999 年第 4 期,第 17 页。

第四章 左翼文艺的承继：《二月》的改编与接受

如果说谢铁骊在秉承《二月》抒情品格的基础上淡化了浪漫感伤的色彩，增加了阶级的线索（即贫苦学生王福生辍学），那么夏衍对于剧本及电影的审查和修改就含蓄地赋予故事以革命的意义。《早春二月》的分镜头本有474个镜头，经过夏衍批改和批注的就有160余个镜头。1962年8月24日，夏衍同陈荒煤到北京电影制片厂讨论《二月》剧本二稿时建议：要刻画出大革命时代的气氛；只要忠于小说表现的时代，改编者可将人物拔高些；修改片名《二月》以表现二月的春寒之意。① 小说结尾处，萧涧秋离开芙蓉镇时，个性依旧："我仍是两月前一个故我，孤零地徘徊在人间之中的人。清风掠着我底发，落霞映着我底胸，站在茫茫大海的孤岛之上。"② 剧本和电影对此情节做了较大修改。剧本中，萧涧秋离开芙蓉镇时对陶岚说："等着吧，等着吧，我们终究会有长长的未来的。"③ 他留给陶岚的告别信提及："文嫂的自杀，王福生的退学，像两根铁棒猛击了我的头脑，使我晕眩，也使我清醒，也许从此终止了我的徘徊。"④ 电影中，"也许"二字被删，且增加如下文字："从此终止了我的徘徊，找到了一条该走的道路。我将投身到时代的洪流中去。"⑤ 这一修订应与夏衍的指示有关。1963年8月23日文化部审查《早春二月》影片时，夏衍提议在萧涧秋的告别信中增加一句话，以明确其走向何方。⑥ 至此，编导者及电影审查者将萧涧秋由一个徘徊孤行者改写为一个转向时代革命的有志青年。

在两性关系方面，《早春二月》沿袭了《二月》中男主女从的性别想象，但革命成为结构其性别关系的新要素。小说中，陶岚对萧涧秋说："以你献身给世的精神，我决愿做你一个助手。"⑦ 《二月》中，陶岚对于萧涧秋的爱慕有着对于启蒙者与救世者的敬仰。它也多少暗示了男性作者

---

① 谢铁骊：《往事难忘怀——忆夏公与〈早春二月〉》，《电影艺术》1999年第4期，第15页。
② 柔石：《二月》，第254页。
③ 谢铁骊：《二月（电影文学剧本）》，《电影创作》1962年第3期，第39页。
④ 谢铁骊：《二月（电影文学剧本）》，《电影创作》1962年第3期，第40页。
⑤ 电影《早春二月》台词。
⑥ 谢铁骊：《往事难忘怀——忆夏公与〈早春二月〉》，《电影艺术》1999年第4期，第14~15、17页。
⑦ 柔石：《二月》，第80页。

对于郎才女貌的传统性别想象范式的因袭。影片中，萧涧秋之于陶岚，充当着启蒙者、引导者、革命者。影片将这种性别权力关系以空间化的造型表现出来。比如，"窗下讨论"是以一个高高在上的男性侧影与一个仰望聆听的女性侧影呈现出来的；思想交流也是通过上楼梯时陶岚对萧涧秋的仰视与追随表现出来。萧涧秋的住处被设计在楼上。电影背景画面的空间设计，如大面积开放的室内门窗和纵深设计的室外春光，烘托萧涧秋光明磊落的人格风尚。由于多个门窗以及楼梯、走廊、围栏等建筑设计，萧涧秋的住处显得格外明亮、整洁、通透。此外，影片还隐去了小说中萧涧秋对于年轻寡妇文嫂的隐晦欲望，① 并选用了年龄较大的上官云珠饰演文嫂。小说中萧涧秋与陶岚及文嫂间微妙的三角关系在影片中被洁化为爱情（萧涧秋与陶岚）与道德（萧涧秋与文嫂）的两难困境。小说中萧涧秋的感情纠葛也被重新结构为个体道德情怀与社会流言蜚语的对峙。

较之小说的爱情表现，《早春二月》添加了通俗浪漫剧的诸多程式化要素。这些通俗化与戏剧化要素的加入，增加了《早春二月》的接受度。影片将小说中男女主人公以通信为主要方式展开的若即若离的情感线索，情节化为单纯的爱情进程并通过一系列精心营造的两人镜头予以构型，如湖边巧遇、镜中对视、梅林散步、窗下剪影、雨中共伞、月下谈情、悲伤离别等。早在1964年，谭文新即已批评指出，影片表现男女感情发展时，苦心雕琢的场景如"花前月下"，乃"才子佳人"小说"陈腐不堪"的表现手法。② 这些通俗爱情剧的经典情节，辅以精致的服饰、细腻的构图、丰富的造型、古色古香的江南宅院、含蓄的表现手法，营造了抒情而不冗长、浪漫却非滥调的审美境界。

在通俗化的爱情元素中，最具争议的一段戏是萧涧秋与陶岚的"镜中对视"。一方面上海现场观众为之兴奋骚动，另一方面主流报刊批判它表现了资产阶级的色情情调。这场戏描写了萧涧秋与陶岚打篮球后回到萧的宿舍，萧涧秋拧了把毛巾递给陶岚。陶岚对着墙上挂着的镜子擦汗，萧涧

---

① 柔石：《二月》，第117页。
② 谭文新：《如何看待〈早春二月〉的艺术性》，《人民日报》1964年12月6日，第5版。

第四章　左翼文艺的承继:《二月》的改编与接受

秋痴痴地注视着镜中的陶岚（见图 4-4）。陶岚从镜中发觉后，两人不期然地会心一笑。这时，镜头从镜子切到了陶岚转身的特写上，陶岚笑问："你为什么这样看着我？"（见图 4-5）萧涧秋答道："因为我还从来没有这样看过你。"（见图 4-6）Laura Mulvey 认为，与电影相关的观看方式有

图 4-4 《早春二月》（四）（1963）

图 4-5 《早春二月》（五）（1963）

图 4-6 《早春二月》（六）（1963）

三种：摄像机的看，它记录摄影机前视觉素材的世界；观众的看，观看制作完成的电影产品；电影世界中角色彼此之间的看。[1]"镜中对视"这场戏中，导演先通过定位与过肩镜头，交代萧涧秋与陶岚的空间关系。在萧涧秋镜中注视陶岚的这一刻，观众的视线与萧涧秋的视线在镜中结合，而此时陶岚由未察到觉察、由无意到会意的微妙瞬间，亦在镜中呈现出来。在陶岚转身莞尔一笑的特写中，镜子是缺席的。它暗示着两人由情意恍惚的虚拟空间重返"现实"空间，由情感世界滑向日常世界。电影本身是对于现实的一种影像再现，而摄像机是完成这一过程的媒介手段。"镜中对视"这场戏中，人物、空间与建筑等视觉素材通过镜子被媒介化为虚拟的镜像；而电影通过摄像机将这些虚拟镜像再度媒介化。这种双重媒介化与再度虚拟化，具有含蓄化与唯美化地再现爱情表白的审美功能。在具有真实感的电影虚构世界中，萧涧秋若直接忘情地凝视陶岚，这种设计既有悖于萧涧秋徘徊内敛的个性气质，也有违于"十七年"电影中爱情再现的普遍范式。在这场戏中，尽管萧涧秋房间的陈设布置简单且缺乏层次感，但镜中虚拟空间的折返效果，走廊门窗的造型表现力，都丰富了场面调度和空

---

[1] Laura Mulvey, "Visual Pleasure and Narrative Cinema," in Philip Rosen (ed.), *Narrative, Apparatus, Ideology*, New York: Columbia University Press, 1986, pp. 208-209.

第四章 左翼文艺的承继：《二月》的改编与接受

间层次。摇曳的花枝探入窗口，姿态妩媚活泼。这种春色旖旎、门窗通透的环境使男女主人公内心的爱情萌动获得了一种视觉动感与造型美。同时，上述过肩镜头与特写镜头、封闭背景与开放背景、虚拟空间与"现实"空间、室内造型与室外造型的灵活调度，使得这场戏的整体节奏开合有序、表现细腻生动。

"镜中注视"的设计可能受到《新女性》（蔡楚生导演，1934）的启发。《新女性》中有一段戏描写上海《市民新报》副刊总编辑齐为德到韦明（阮玲玉饰）的住处拜访。齐为德是在镜中发现并暴露了自我对韦明的欲望。墙上挂着韦明的靓照，齐抬头瞥见柜子上的大镜子及镜中的照片，不禁对镜子整理衣冠（见图4-7）。随后，镜头转向钢琴上的小镜子，呈现镜中人齐为德的轻薄举止（见图4-8）。导演以相片/影像为对象，以镜为媒，展示齐为德之欲望由蠢蠢欲动到付诸行动的过程。镜子作为一种手段，既可通透男性的心理并暴露其隐秘欲望，又可含蓄地处理其猥亵的丑态。此外，《早春二月》"梅林散步"中有一组镜头为陶岚与萧涧秋齐步并行的腿部特写，以暗示两人思想的契合度。这种腿部特写的表现手法亦可在《新女性》（见图4-9）与《神女》（吴永刚导演，1934）中找到对应，

图4-7 《新女性》（一）（1934）

图 4-8 《新女性》（二）（1934）

图 4-9 《新女性》（三）（1934）

只是它们寓意或纯情或"堕落",各有不同。其实,无论是内容主题,还是造型技巧、叙述风格,《早春二月》的品质生成都离不开对如左翼文艺、传统戏曲、苏联电影等多种文化资源的传承与化用。

二　从批判公映到观众热捧

1964年9月15日《人民日报》刊发《〈早春二月〉要把人们引到哪儿去?》(署名景文师)一文,开启了官方对于《早春二月》的批判。该文的编者按指出,发表此文意在对《早春二月》提出批评,引发读者讨论。"今天,无产阶级的文学艺术,究竟应当歌颂什么人物,宣传什么思想?是歌颂积极投入革命斗争的先进人物,还是歌颂站在革命潮流之外的彷徨者?是宣传无产阶级的集体主义,还是宣传资产阶级的个人主义?同时,在改编过去的文艺作品的时候,是用无产阶级观点批判旧人物旧思想,帮助观众和读者正确地认识过去的时代呢,还是用资产阶级观点美化旧人物旧思想,引导人们去留恋旧时代呢?"编者按指出,上述问题是"文学艺术领域中的大是大非的问题"。[①] 作者景文师将《早春二月》定性为"一株毒草",将男女主人公分别视为悲天悯人的苦行僧与玩世不恭的娇小姐。作者集中批判了他们"逃避斗争的消极遁世思想和资产阶级个人主义、人道主义"。景文师认为,该片"除了把观众特别是青年观众引导到资产阶级方向,为资本主义复辟准备思想条件外,不能有别的结果"。此外,作者还指出今非昔比,原作《二月》的意义必须重估。[②]

自9月15日景文师文刊出至11月8日,各地报刊相继发表了两百余篇关于《早春二月》的批判文章[③],其讨论路径大体趋同。批判文章大都将影片中萧涧秋的怜贫惜苦与文嫂的自我牺牲定性为基于道德自我完善的人道主义,进而指出其与当时主流革命话语之抵牾。钱天起的《有关人道

[①]《〈早春二月〉要把人们引到哪儿去?》之"编者按",《人民日报》1964年9月15日,第6版。

[②] 景文师:《〈早春二月〉要把人们引到哪儿去?》,《人民日报》1964年9月15日,第6版。

[③]《各地报刊继续讨论影片〈早春二月〉》,《人民日报》1964年11月8日,第7版。

主义的几个问题——在〈早春二月〉讨论中所想起的》用词偏激，称影片散发出"冲天臭气"，萧涧秋的人道主义为"脓疮"。钱天起将人道主义追溯到欧洲文艺复兴与启蒙运动的资产阶级思潮，将对人道主义的"虚伪性"与"反动性"的界定追溯到《讲话》中的相关论述。钱天起断章取义地运用《讲话》，为批判《早春二月》寻找理论依据。钱天起指出，影片将陶岚和萧涧秋追求极端的个人自由表现为1920年代的个性解放，显示了编导者的思想仍停留于辛亥革命时期的资产阶级的水平。钱天起认为，陶岚追求的自由恋爱是资产阶级自欺欺人的谎言，在新中国《婚姻法》出台后完全丧失了现实意义；萧涧秋以婚姻救济文嫂的"自我牺牲"的做法是19世纪欧洲没落资产阶级知识分子躲避阶级斗争、填补内心空虚的道德幻想。钱天起指出："坚决反对文学艺术为任何徇名、徇利、徇'情'以及一切'矫情'的行为，进行各种方式的宣扬，来毒害我们的人民。"① 而浦一冰的《毒草怎能吐芬芳——从〈早春二月〉的主要人物看影片的思想倾向》一文，同样使用了阶级逻辑来证明萧涧秋的自我牺牲是为自己逃避革命开脱，是试图通过建立"人道主义"丰碑求得自我解脱与自我陶醉。浦一冰认为，这一人道主义是直接杀害文嫂的屠刀——文嫂死于感恩图报，"死于殉'道'"。② 文向东也指出，《早春二月》中的陶岚和《莎菲女士的日记》中的莎菲都是"走向没落反动"的资产阶级个性反抗的代表，而"资产阶级的个性反抗总是要同无产阶级集体主义相对抗"。文向东批判该片通过陶岚歌颂资产阶级的个人主义，是借历史幽灵向社会主义发起进攻。③

在1964年批判《早春二月》的浪潮中，仅有少数声音主张以历史眼光来评价萧涧秋与陶岚及其时代局限性，肯定该片的艺术性。更多的批判者聚焦于影片的"美化"手段及其消极作用。所谓"美化"，除了艺术手

---

① 钱天起：《有关人道主义的几个问题——在〈早春二月〉讨论中所想起的》，《开封师院学报》1964年第2期。
② 浦一冰：《毒草怎能吐芬芳——从〈早春二月〉的主要人物看影片的思想倾向》，《复旦大学学报》（哲学社会科学）1964年第2期。
③ 文向东：《歌颂了什么样的"反抗"——试评〈早春二月〉中陶岚的形象》，《人民日报》1964年9月19日，第5版。

第四章　左翼文艺的承继：《二月》的改编与接受

段外，主要是通过情节的改编来实现的。景文师以为，影片删除萧涧秋对于文嫂的隐秘欲望，旨在增加萧涧秋的人道主义光辉。① 李希凡指出，这一删改突出了萧涧秋的崇高形象；且影片中一切景色表现都以其情绪变化为转移。② 何其芳认为，编导者将文嫂由有魅惑力的年轻寡妇改编为缺乏吸引力的中年妇女，添加了萧涧秋同情穷学生王福生的情节，比小说更强烈、更集中地宣扬与歌颂了资产阶级的人道主义和个人主义③。

上述论者用"徇"或"殉"二字夸大了道德情怀与个性反抗对于现代革命这一集体工程的威胁性。在这些批判话语中，情感自我被抽象化为其时的集体价值与乌托邦理想的对立面。在中苏交恶的大背景下，批评者还将萧涧秋的道德情怀溯源至19世纪俄罗斯文学，对其影响加以批判。何其芳指出，柔石的多部小说以知识分子为主人公，表现资产阶级人道主义。这种人道主义与托尔斯泰的思想相关联。比如，《二月》中萧涧秋书架上有托尔斯泰的著作《艺术论》；《旧时代之死》中朱胜瑀的房间里贴着他唯一信仰的人——托尔斯泰的画像；《三姊妹》中章先生以结婚来"赎罪"，令人联想到托尔斯泰《复活》中的类似情节。何其芳认为，托尔斯泰的道德自我完善、良心、博爱、禁欲主义等都是空想的反动学说。④ 汪流指出，影片中萧涧秋决定娶文嫂的自我牺牲精神，令人联想到陀思妥耶夫斯基的《白夜》。⑤ 周扬也认为，《二月》是19世纪俄国文学的翻版，萧涧秋和文嫂结婚是陀思妥耶夫斯基自我牺牲式的悲剧。⑥ 1964年9月22日上海市宣传部组织市委机关干部观看《早春二月》，观影后各单位组织了批判讨论。其中甚至有干部指出，影片的"恶毒"之处在于通过文嫂一家的遭遇宣扬

---

① 景文师：《〈早春二月〉要把人们引到哪儿去？》，《人民日报》1964年9月15日，第6版。
② 李希凡：《对资产阶级人道主义的美化——再评〈早春二月〉中的萧涧秋形象》，《人民日报》1964年10月29日，第6版。
③ 何其芳：《小说〈二月〉和电影〈早春二月〉的评价问题》，《人民日报》1964年11月8日，第6版。
④ 何其芳：《小说〈二月〉和电影〈早春二月〉的评价问题》，《人民日报》1964年11月8日，第6版。
⑤ 汪流：《革命，还是倒退？——评影片〈早春二月〉的改编》，《人民日报》1964年9月17日，第6版。
⑥ 谢铁骊：《往事难忘怀——忆夏公与〈早春二月〉》，《电影艺术》1999年第4期，第17~18页。

革命没有好结果的"修正主义"观点；这与苏联"修正主义"电影《一个人的遭遇》《雁南飞》等主题相似。①

不同于主流话语的批判，《早春二月》在上海市民观众中反响热烈。1964年9月15日，影片开始在上海6家影院放映。由于事先无预告，且当日广告字体小，未能引起市民注意。淮海电影院14日晚只售出10多张票。15日各影院售出个体票与团体票比例相近，团体票以文教界与工厂、单位为主要售票对象。16日上海报纸转载了《人民日报》对该片的批判文章，大上海电影院门口人头攒动，出现了一票难求、骚动失控的局面。早上7时始，许多观众聚集至电影院购票。9时左右，大上海电影院门口聚集多达800余人。17日上午9时，大上海影院门口聚集2000余人，有10多人被挤伤。同日，上海影院、淮海影院排队买票人数也在700人以上。两影院门口甚至有"黄牛"哄抬票价，投机倒卖。由于每人限购4张（后减至两张），上海老幼妇孺亦加入购票队伍。因购票秩序失控，17日下午上海电影局请示市委宣传部并决定从18日起不再出售个体票，全部改为团体包场。当日晚7时，各影院贴出"今日至二十日全部客满"和"本院不办理退票手续"的布告，但遭到群众抵制。淮海影院观众从晚上7时起闹至次日清晨，聚集四五百人，坚持要迫使影院出售个体票。至9时左右，人数增至1000多人。该影院出动全部职工，通宵达旦向观众做解释，却未能缓解混乱局势。直至淮海影院求助于卢湾区公安分局，民警扣押为首的五名社会青年后，秩序方得控制。淮海电影院18日始关起铁门，只开出入口。由民警检票，观众凭票入场。18日始，各影院秩序渐趋稳定。② 自18日起，上海各影院仅售团体票，且限于宣传部所划范围内的团体。若经党委同意，单位也可租片放映，但须做好"消毒工作"。③ 所谓"消毒"，即通过有组织的批判讨论与学习，消除电影"毒素"在观众中的影响。团体

---

① 中共上海市委直属机关委员会宣传部：《市委直属机关干部对电影"早春二月"的讨论批判简况》，1964年10月13日，上档 A77-2-455-82。
② （上海）市人委文教办公室综合组：《电影〈早春二月〉放映后的情况汇报》，1964年9月19日，上档 B3-2-216-152。
③ 《关于电影〈早春二月〉情况反映》，上档 C26-2-113-62。

第四章　左翼文艺的承继：《二月》的改编与接受

票出售范围的重点是文教单位干部、大学文科师生；其次为市委、市区机关、街道党委、办事处、派出所干部；最后为工厂商店的少数干部。放映时间由原计划的 12 天缩短为 11 天，至 9 月 25 日结束。① 据统计，《早春二月》作为"反面教材"，自 9 月在上海放映以来到 10 月底为止，在 17 个影院共上映 364 场，观众达 410665 人（不包括租片单位的观众）。租片放映的共有 12 个单位。②

上海购票失控的场面以及青年观影后的反映，与中宣部公映此片旨在批判的目的南辕北辙。上海大学生普遍推崇《早春二月》的艺术性，喜爱影片中的男女主人公。1964 年上海交通大学租片放映了两次，共 4000 余名学生观看；上海第一医学院租片放映一次，计 1500 余名学生观看。两校的"消毒工作"包括观影前组织所有学生听批判报告和阅读批判文章，观影后组织学生讨论。尽管如此，两校学生仍持有不同看法。两校绝大部分同学认为该影片艺术水准在国产片中堪称一流，特别赞誉该片中的特写镜头、叙述艺术、服装设计、取景及曝光。在观影讨论后，上海交通大学某班 16 位观影者中有 5 位认为萧涧秋很伟大；某班 16 位观影者中有 6 位认为萧涧秋是好人；某班 15 位观影者中有 5 人不明白何为资产阶级人道主义，它与雷锋助人为乐在本质上有何区别。有同学认为，萧涧秋若不去救济文嫂反而是不人道的；批评人道不好是不对的。还有些同学认为，陶岚并非极端个人主义者；她性格开朗且有独特见解，令人喜爱。大部分同学都认为影片有好的一面。③

另外一种有代表性的青年观点来自参加影片座谈会的文艺"积极分子"。早在公开放映电影《早春二月》之前，上海青年宫就曾组织观看过该片的少数青年及干部进行座谈，分析影片内容与艺术，讨论日后是否公开放映此片。1964 年 9 月 5 日下午，上海青年宫组织了《早春二月》的座谈会，参会者包括青年工人、青年师生、街道青年和团区委干部共 9 人。

---

① （上海）市人委文教办公室综合组：《电影〈早春二月〉放映后的情况汇报》，1964 年 9 月 19 日，上档 B3－2－216－152。
② 《关于电影〈早春二月〉情况反映》，上档 C26－2－113－62。
③ 《关于电影〈早春二月〉情况反映》，上档 C26－2－113－62。

有小学青年教师发言，指出陶岚身上集中体现了资产阶级恋爱至上观。也有讨论者批评影片形同"香港片"——渲染爱情纠葛，精心设计恋爱镜头，对白情调不健康。①9月6日上午，上海青年宫又组织影剧及文学评论"积极分子"7人（复旦大学青年师生、华东师范大学学生、上海戏剧学院学生）进行第二次影片座谈。有学生指出，影片中陶岚和萧涧秋的爱情描写宣扬了资产阶级的色情情调，比如，两人递毛巾的动作、表情及对白。有座谈者认为，影片对青年影响最大的是陶岚的极端个人主义。电影将陶岚追求自由与以自我为中心的个性美化为叛逆性格。它会滋长青年"寻求爱情、友谊、精神安慰、小家庭"等"不健康"的情绪，背离其时提倡的革命理想与晚婚口号。②还有讨论者认为，递送毛巾的场面属于"黄色情节"。③1964年上海团市委要求各级团组织依靠团干部和群众"积极分子"来参加青年文化战线的革命，把他们锻炼成为文艺战线上的尖兵。其工作包括：针对在青年中产生影响的"坏"电影和"坏"书籍进行座谈研究，经常反映青年思想动向并撰文进行斗争。9月18日团市委在全市团干部会议上布置了批判《早春二月》的工作，要求组织团干部、文艺"积极分子"、文科学生去观影，加强观影指导，展开影评活动，并及时向市里反映动向。④

三 文艺观念的构建与问题

《二月》的电影改编所指向的问题是1960年代前期社会主义文艺的意识形态构建。柔石的小说或可置于五四浪漫小说与左翼革命文学的脉络中予以考量。《旧时代之死》《二月》等小说多以口袋无钱、心头多恨的潦倒

---

① 上海青年宫：《关于电影〈早春二月〉的情况反映》（一），1964年9月6日，上档C26-2-113-14。
② 上海青年宫：《关于电影〈早春二月〉的情况反映》（二），1964年9月7日，上档C26-2-113-28。
③ 上海青年宫：《〈早春二月〉座谈会》，上档C26-2-113-97。
④ 《金颂椒同志在全市团干部会议上讲话》《金颂椒布置批判〈二月〉的讲话稿》，1964年9月18日，上档C26-2-113-1。

第四章 左翼文艺的承继:《二月》的改编与接受

男性为主人公,聚焦于其神经过敏的内心与颓唐苦闷的青春。文笔拉杂粗糙,泥沙俱下。王德威指出,尽管创造社作家在1920年代中期左转,提倡越过浪漫主义布尔乔亚式反传统的阶段,转向革命文学,但中国左翼文学传统始终未摆脱浪漫主义的因素,而浪漫主义的根源本身就带有强烈的批判社会色彩和公共精神。[①] 张旭春认为,各种版本的浪漫主义都绕不开卢梭的政治理想及其精神气质的影响。在卢梭的政治理想中,公共精神和公共人格是对一个主权者的基本要求,这种公共精神本质上"是一种以同情(compassion)为基础的情感共同体(community of feeling)"。创造社经历了由以个体和民族启蒙为主旨的美学浪漫主义到政治浪漫主义,由审美先锋向政治革命先锋的转化过程。张旭春认为,创造社的审美政治化的转向关注的是民族和阶级的平等,而英国浪漫主义的政治审美化关注的是主体的自由。[②] 浪漫主义在走向泛政治化路径的同时,削弱了审美的、情感的主体性。其实,《早春二月》是在极力去除《二月》中布尔乔亚式的感伤腔调与散漫芜杂的叙事、抹去萧涧秋孤零的漂泊感。尽管影片终止了萧涧秋的感伤之旅并明确了其时代出路,却难掩其心头多情的文人气度和心怀苍生的道德关怀。这种残留的浪漫特质与通俗化的爱情剧情恰恰吸引了当时的青年观众。

李海燕提出,我们不能视爱情为自然的、永恒的文学主题,而应视其为充满历史建构之物来研究。情感参与界定了社会秩序、生产自我和社会性形式的实践。革命加恋爱的左翼小说模式,试图解决"现代性"中日常生活与英雄理想这一基本冲突:现代自我是一种情感自我与非英雄化的自我,质疑宏大叙述与乌托邦理想,提升日常价值,如爱、婚姻、家庭等;而革命本身则具有英雄化的倾向和极端化的情感范式。[③] 由此观之,《早春二月》的情感结构本身即潜伏着现代革命主体建构过程中的种种危机。在

---

① 王德威:《"有情"的历史——抒情传统与中国文学现代性》,《中国文哲研究集刊》2008年第33期,第77~137页。
② 张旭春:《政治的审美化与审美的政治化》,人民出版社,2004,第29~33、318~319页。
③ Haiyan Lee, *Revolution of the Heart: A Genealogy of Love in China*, Stanford: Stanford University Press, 2007, pp.16, 299, 301.

1964年上海青年宫组织的《早春二月》系列座谈会上，有讨论者质疑："如果我们都像萧、陶追求安逸生活，就不会自觉自愿支援边疆建设。"①还有座谈者指出，有些观影者会感到"我们今天学什么科，做什么工作都没有自由，连谈情说爱的自由都没有，连'五四'时期都不如"。②更有论者认为，《早春二月》是裹着糖衣的毒药，它以人性论代替阶级论，宣扬资产阶级人道主义与个人主义，培养青年成为精神贵族，脱离火热的斗争。③

对《早春二月》的批判显示了革命的现实需求对左翼文化传统与外国文化遗产的历史评估具有决定性的作用，而新中国的文艺进程一直伴有对于中西文艺遗产的重估与超越的情结。1960年，周扬指出："要发展社会主义文化，不能在空地上发展，必须在自己民族的文化（主要是封建时代，五四以来，以及外国的）遗产上发展起来。"周扬的继承遗产，是指批判地改造文艺遗产，"而且批判愈彻底愈好"。其政治标准是1948年提出的对旧剧遗产取舍的标准（有益、无害、有害），着眼于遗产的历史功过及其之于当下革命事业的现实意义。周扬认为，社会主义时期允许无害的创作，如山水画、轻音乐，但不能将其作为文艺的发展方向。建设社会主义文化，在形式上"是把五四以来吸收的许多外国的文学形式加以民族化"；在内容上"不是个性解放，而恰恰是否定个性解放，提倡共产主义解放"。文艺复兴时代，资产阶级人道主义具有反封建压迫的意义；19世纪，文艺宣扬的个人主义具有破坏资本主义的历史进步意义；而现在，它们则具有"破坏社会主义"、调和阶级斗争的作用。④鉴于此，不难理解周扬审查《早春二月》样片时的否定态度。1963年11月1日，周扬、茅盾、夏衍等人审看《早春二月》的完成样片后，茅盾和夏衍赞扬该片，周扬却表示改编五四时期的作品要有所批判。尽管陈荒煤等人随即指示根据周扬

---

① 上海青年宫：《〈早春二月〉座谈会》，上档C26-2-113-97。
② 上海青年宫：《关于电影〈早春二月〉的情况反映》（二），1964年9月7日，上档C26-2-113-28。
③ 桑桐：《裹着糖衣的毒药——〈早春二月〉批判》，《电影艺术》1964年第4期，第14~23页。
④ 《周扬同志在座谈会上的讲话》，1960年3月21日，上档A22-1-479。

第四章 左翼文艺的承继：《二月》的改编与接受

意见小作修改，但是1964年8月中宣部指示将影片原封不动地在全国公开放映和批判，修改意见未能践行。①

新中国经历了十余年的发展，文艺界一方面为建立一种迥然不同的社会主义现实主义文艺理想所召唤，另一方面其创作实绩实难比肩19世纪西方批判现实主义的文艺高峰。1960年前后青年学生中出现了推崇18世纪、19世纪西洋文学的现象。周扬批评说："在青年中间就形成了一种不正常的欣赏趣味，看'林海雪原'大概顶多是个秀才，看外国小说的人，就高人一等，而看普希金、巴尔扎克、托尔斯泰、莱蒙托夫就差不多是翰林了。"② 一方面，青年大学生欣赏18世纪、19世纪作品中的个人主义（如"个性解放""叛逆性格"等）、人道主义（如"普遍的爱""永恒的爱"）以及资产阶级的人生观和恋爱观。这些作品甚至影响了他们的日常生活与价值情感。上海音乐学院有学生推崇《约翰·克利斯朵夫》，感叹这部作品令她重新认识世界和人生，并为自己不能生活在那个时代而惋惜。亦有学生认为罗曼·罗兰、托尔斯泰、海涅等人作品中的人物才具有高贵的情感，并陶醉于他们的生活方式与自由人生。复旦大学有两个学生认为，只有在西欧文学中才能找到安慰，把服从组织说成"丧失人格"。有学生感动于托尔斯泰作品的道德力量和涅赫留多夫（《复活》）的自我忏悔，遂以撰写"清洗灵魂"日记代替思想改造。还有学生甚至以安娜·卡列尼娜的性格、容貌作为自己恋爱对象的标尺。另一方面，青年学生推崇18世纪、19世纪西方文艺作品乃登峰造极之作，并由此反观当时的中国文艺。复旦大学不少同学认为，巴尔扎克和托尔斯泰的艺术水准是不可逾越的。他们将西欧文艺复兴和19世纪资产阶级文艺比作浓咖啡，其味无穷，而将工农兵文艺作品比为白开水，毫无味道。上海文艺工作者中，亦存在相似的观点。人艺青年演员排练"洋、名、古"剧目兴致浓厚，排练现代戏则自认倒霉。很多电影编导亦以19世纪西洋文学作为最高艺术标准，欣赏其复杂性格的刻画与感伤哀愁的情调。③ 上述1960年的档案报告可管窥18世纪、

---

① 谢铁骊：《往事难忘怀——忆夏公与〈早春二月〉》，《电影艺术》1999年4期，第17~18页。
② 《周扬同志在座谈会上的讲话》，1960年3月21日，上档A22-1-479。
③ 《关于批判十八、十九世纪文艺作品的若干资料》，1960年3月7日，上档A22-1-480。

19世纪西洋文学之于其时青年的持久影响力。

以"破"西方文艺之迷思来"立"新中国文艺之权威，在1960年的文艺界与高教界遭遇阻力。部分文艺工作者反对全盘否定人道主义和批判19世纪西方资产阶级文学。从1960年2月25日开始，上海市作协召开在沪动员大会，学习毛泽东思想，破除对于西方文学尤其是19世纪文学的迷信，鼓舞作家攀登世界文艺高峰的信心。因部分参会者反对以阶级观点批判19世纪资产阶级文学，原本四天的会期延迟至4月13日结束，历时49天，又称"49天会议"。王辛笛等提到，建立无产阶级文学，要破除对于19世纪资产阶级文学的迷信，但批判19世纪资产阶级文学，自己情感上与之藕断丝连，难以接受。韩侍桁认为，19世纪资产阶级文学对中国新文学影响很大，不能粗暴抹杀。关于19世纪西方文学在青年中产生不良影响的说法是夸大其词。任钧提出，浪漫主义没有阶级性，只有消极和积极、革命与反动之分。还有讨论者质疑无产阶级创造高于一切时代的文艺作品的观点。梅林、罗稷南、钱谷融都认为现今文学不如19世纪西方文学。[1] 为回应这类"异见"，增加批判火力，上海市宣传部及会议组织者邀请华东师范大学、复旦大学、上海师范学院部分师生参加辩论。其中，最轰动的是学生代表之一戴厚英对于她的老师钱谷融的批判。[2] 高校与外国文学出版界，亦展开类似批判。同年，上海文艺出版社检查了其出版的翻译文学的前言、后记。比如，顾仲彝在其译作《哈代短篇小说二集》中提到哈代小说有英国乡村的清新气息和淳朴风尚，被批评为"歌颂外国的安贫乐道，田园之乐"。罗玉君译的《红与黑》、曹未风译的莎士比亚剧本、李青崖译的《三剑客》等未添加分析、批判的前言、后记，亦被批评为不负责任。[3] 1961年文艺气候转暖，中宣部对1958年以来文艺过左现象进行纠正，上海市作协党组对于"49天会议"中受到错误批判的人士如罗稷南、钱谷融、任钧、韩侍桁等做了善后、安抚工作。[4]

---

[1] 《中共上海作协党组致市委宣传部》，1960年3月3日，上档A22-2-879。
[2] 燕平：《上海作协"49天会议"的来龙去脉》，《扬子江评论》2010年第3期，第17页。
[3] 《关于批判十八、十九世纪文艺作品的若干资料》，1960年3月7日，上档A22-1-480。
[4] 燕平：《上海作协"49天会议"的来龙去脉》，《扬子江评论》2010年第3期，第18页。

第四章　左翼文艺的承继：《二月》的改编与接受

　　自中国现代文学兴起以来，现代个体与政党文化及民族主义、日常情感与集体叙述及乌托邦理想，一直存在着相互激荡且息息相生的叙事范式。《二月》的电影改编与接受凸显了左翼文艺传统在"十七年"文艺中的承继问题。1930年代的左翼电影本身就是商业文化行销与政治文化诉求、道德说教与欲望表现相倚重的混杂体；左翼文学的革命加恋爱的叙述模式，无论关注主体的自由还是关注社会和道德的自由，都由个人主义话语导入集体革命话语。及至1960年代中期，个体的道德情怀与感伤气质渐为高度激情化的情感共同体与集体政治行动所排斥。1947年开启的东西冷战、1956年波兰"波兹南事件"、1956年"匈牙利事件"、1961年柏林危机、1960~1963年中苏关系的恶化及破裂，都让新中国面临更为复杂困难的国际政治环境。国内文化界在创作及批评层面及时配合政治风向，做出反应。孤儿寡母的道德困境、戏剧化的爱情冲突，以及唯美精致的艺术手法，成为《早春二月》的票房保障。但是，在冷战文化的历史语境下，影片中的怜贫惜苦与个性反抗，被批判为资产阶级个人主义与人道主义的体现，突出19世纪俄国文学影响的结果。而资产阶级人道主义与个人主义在当时都被视为"帝国主义"与"修正主义"的话语，这种话语界说或可视为一种观念建构，"反帝反修"的冷战政治诉求是其内在驱动力。如何在肯定日常价值与个体情感的同时又不被认定干扰集体工程与情感共同体，成为中国浪漫主义政治"现代性"与审美"现代性"共有的根源性难题。这一困境在1964年《早春二月》的批判公映与观众热捧的两重天中表现得尤为醒目。

第五章　外国文艺的取舍：经典的译介与传播

新中国对于中外文艺作品的重估与批判，应视为中国社会主义文化建构的一分子。本章以1960年上海批判十八、十九世纪文艺作品的活动为中心，检视新中国对于外国文艺作品的教育、出版、改编等问题。1960年上海批判外国文艺作品的活动系统集中，且涉及领域较为广泛。本章从高校文艺教育与新闻出版两个层面进行梳理。一方面，通过批判资料，钩沉其时管理机构如何甄别外国文艺作品，如何对外国文艺教育者工作者进行分门别类，如何规范外国文艺作品的阐释导向。这些批判活动本身以否定的方式参与了"十七年"时期文艺生态的形构。我们可由此活动反观其时文艺话语体系的概念构成与运作机制。另一方面，十八、十九世纪外国文学译本印数多、流通快、影响深。外国文艺作品的喜好者与传播者，包括学生、教师、出版者等，以各自的方式影响了本土文艺生产。他们对于外国文艺作品的接受、编码与重写亦影响了本土文艺生态系统的构成。这些文化产品与管理机构及主流意识形态话语体系对于外国文艺资源的清理、整合甚至归化，共同推动了社会主义文艺场域的建构。此外，本章还将这一话题置于纵深的历史脉络中予以讨论，它包括1950年代初现代主义作家作品的处境与1960年代初西洋文艺作品的影响等。

一　重估现代主义文学：好懂与难懂

万里长城向东西两边排，

四千里运河叫南通北达：

第五章 外国文艺的取舍：经典的译介与传播

> 白骨堆成了一个人去望海，
> 血汗流成了送帝王看琼花！
>
> 前一脚滑开了，后一脚扎牢，
> 右手冻裂了，左手向前伸：
> 雪山，太行山，看历史弯腰，
> 草地上，冰天下，中国在翻身！
> （卞之琳《天安门四重奏》）①

卞之琳的《天安门四重奏》（1951）表达的是诗人对于共和国成立的慷慨激昂与豪迈情怀。1953年该诗受到批评，理由是"难懂"。两篇批评文章的标题就是《我们首先要求看得懂》《不要把诗变成难懂的谜语》。批评者认为，卞之琳为了诗歌节奏与整齐，或省略或倒置字句，导致语义不明。比如"白骨堆成了一个人去望海，血汗流成了送帝王看琼花！"该句使用的是典故，即秦始皇东游观海和隋炀帝扬州看琼花。批评者称卞之琳的诗是流于形式主义魔道的文字游戏。而"我们今天需要明白晓畅、活泼成诵，能够感动人教育人的东西。"②

如果说1951年的《天安门四重奏》尚有现代派诗歌的遗风，那么1954年卞之琳发表的诗歌则显示了其向文艺"大众化"靠拢的不懈努力。1950年代初卞之琳在江浙农业合作化试点工作，长住天目山南，出入于太湖东北和阳澄湖西南。在此期间，他创作了几首带有江南田园风格的诗歌。比如，《采桂花》开头两节："稻谷不丢一小颗，/桂花不丢一小朵！/花虽是花粮是粮，/人人喜欢糕饼香。//天旱不让'天收'掉，/绣得好花采得好；/风来手比风还快；/迟开就用分批采。//"③ 又如《收稻》开头两节："银花笑迷迷，长眉毛一弯，/带头把星宝送进了托儿所。/托儿所

---

① 卞之琳：《天安门四重奏》，《新观察》第2卷第1期，1951年。
② 李赐：《不要把诗变成难懂的谜语》，《文艺报》第3卷第8期，1951年。
③ 卞之琳：《采桂花》，选自《雕虫纪历（1930-1958）》，人民文学出版社，1979，第96页。

成立，有小孩才算数——/十家人解下了亲爱的负担！//睡桶盖花被，小脸蛋象花朵；/就像放下了花篮的小姑娘，/银花跳回来拿镰锯一晃，/年轻的劳动力充实了互助果。//"①

  这些诗歌使用格律体，采用口语，并引入吴地方言、农谚。比如，"天收"乃吴地农民方言，意为"无收"。诗歌表现内容为农事，引入的对话和使用的修辞都相当浅显，但1954年仍有读者撰文对卞之琳的创作表示失望。其原因，依然是"看不懂"。该读者认为，"天旱不让天收掉""迟开就用分批采""年轻的劳动力充实了互助果"，以及用"五星"代指祖国或人民等，都令人理解起来太费周折。② 这种批评或可归咎于批评者本人的审美能力与文学修养。卞之琳表示自己1949年后的创作（除《天安门四重奏》外），单就"好懂不好懂，我自以为跨前了一步"，并且"主观上是向好懂这个方面走"的。③ 卞之琳试图在旧笔法和新题材及新语言之间积极调和：诗作延续了卞之琳1930年代以来的一贯诗风，比如，使用口语与格律体，讲究语言的精炼含蓄，追求诗行由音组间的停顿而构成的内在节奏；诗作取材农业合作化期间的农事人事，飘荡着江南水乡的民歌调子。总体而言，它们表述浅显，却未达到俗白之美；形式齐整，但失却了其现代派诗歌的韵味。

  问题的关键不仅在于以"好懂"与"不好懂"为标尺，对诗歌进行价值判断的预设，还更在于由谁判定，如何判定。早在1949年前，现代诗就曾因晦涩受人指摘，但晦涩因与内涵丰富的可能性、发动读者审美的能动性等相关联，受到部分刊物和批评家的青睐。而这种现代派诗歌与读者间的旧有关系，在新时代新刊物中难以维系。由于新文艺立足于大众，工农兵群众的认知和话语获得了权威性。用丁玲的话说，作品要"经过专家审查也经过群众审查"。既然作品是为群众服务的，他们的意见就"自然应

---

① 卞之琳：《收稻》，选自《雕虫纪历（1930-1958）》，第101页。
② 参见文外生《读诗人卞之琳的五首近作》，《人民文学》1954年6月号（第56期），第123~124页。
③ 卞之琳：《关于〈天安门四重奏〉的检讨》，《文艺报》第3卷第12期，1951。

第五章　外国文艺的取舍：经典的译介与传播

该放在我们考虑问题的第一项"。① 值得注意的是，作为读者的工农兵群众乃革命文学话语中理想化的期待读者，其文学趣味更多是理论想象与构建的结果。鉴于1949年中国文盲率仍在80%以上，农村文盲率高达95%以上的历史状况，作为读者的工农兵群众，或可视为政治意义上的目标受众而非现实意义上的社会群体。他们是革命文学大众化的追求目标，在新时代文化秩序一体化的进程中被合法化乃至唯一化的理论产物。

《在延安文艺座谈会上的讲话》指出："许多文艺工作者由于自己脱离群众、生活空虚，当然也就不熟悉人民的语言，因此他们的作品不但显得语言无味，而且里面常常夹着一些生造出来的和人民的语言相对立的不三不四的词句。"② 1949年后新文学家重新检视、集体否定这种"不三不四的词句"。1949年，丁玲就如此检讨新文学："我们的文字也是很定型化了的那末老一套，有的特别欧化，说一句话总是不直截了当，总是要转弯抹角，好像故意不要人懂一样，或者就形容词一大堆，以越多越漂亮，深奥的确显的深奥，好像很有文学气氛，就是不叫人懂得，不叫人读下去。"③ 1949年，孔厥、杨朔、王希坚、丁玲等作家的论说，将新文学的语言形式本质化为"知识分子语言"，并以"欧化"作为其主要特征予以描述，对于一种新的语言形式——"群众的语言""人民的语言"——的渴望，呼之欲出。

"群众的语言"之于创作的重要意义在如下表述中得到体现："什么叫做大众化呢？就是我们的文艺工作者的思想感情和工农兵大众的思想感情打成一片。而要打成一片，就应当认真学习群众的语言。如果连群众的语言都有许多不懂，还讲什么文艺创造呢？"④ 孔厥等人都曾表示自己在进入农村、矿场后深切感受到"知识分子语言"之匮乏与"群众语言"之多

---

① 丁玲：《从群众中来，到群众中去》，中华全国文学艺术工作者代表大会宣传处编《中华全国文学艺术工作者代表大会纪念文集》，新华书店，1950，第180页。
② 毛泽东：《在延安文艺座谈会上的讲话》，《毛泽东选集》第三卷，人民出版社，1967，第807~808页。
③ 丁玲：《从群众中来，到群众中去》，中华全国文学艺术工作者代表大会宣传处编《中华全国文学艺术工作者代表大会纪念文集》，第179页。
④ 毛泽东：《在延安文艺座谈会上的讲话》，《毛泽东选集》第三卷，第808页。

彩。孔厥为"学习群众的语言",表现群众生活,曾用农民第一人称写作《苦人儿》《父子俩》。他认为,"农民的语言虽然有不精粹、不细致、不科学的部分,还需要提炼、加工、改造,可是比起我自己原有的语言来,实在美丽、生动、丰富得多了"①。杨朔在矿山写作《红石山》小说时,为工人的富有形象色彩的语言所倾倒,有些工人还帮助他组织故事、纠正语言。② 草明、刘白羽、欧阳山、孔厥、杨朔等在深入群众生活后,都有从"欧化"难懂、冗长含混的语言转向大众化语言的历程。③ 草明坦言,《讲话》前她的创作属于"欧化"那一类,这种文体需要读者具有中学以上的程度才能看懂。为了文化程度低的工人能看懂,她在后来的创作中竭力避免写长句,避免描写(心理描写、状物描写和自然描写),避免暗示和写意。④ 马加也曾表示,自己在《讲话》前用知识分子语言进行创作,喜欢用"一些看起来漂亮实际空洞的形容词,繁琐的叙述和冗长的心理描写"。他以为群众语言是粗鄙、简单,很少使用。《讲话》后,马加开始学习群众语言,写作首先考虑的问题是作品应让农民"容易看得懂,让他们听得懂"。⑤

就新文学的发展而言,文学语言的"欧化"与对于"欧化"的克服本来就是彼此交错的过程;如何"化欧"而非是否"欧化",可能是更困惑新文学作家写作的切实问题。但1949年前后解放区作家历数自己的"语言转向",其背后还包含着作家对于这种主导文学语言形式在理念与创作上的普遍认同,以及新语言、新形式的习得与作家文化资本和政治资本的获取相勾连的文化运作机制。一方面,这一文化政治资本的配置模式关乎作家的自我身份建构。在当代文学的作家构成中,有一部分确属"新人"

---

① 孔厥:《下乡和创作》,中华全国文学艺术工作者代表大会宣传处编《中华全国文学艺术工作者代表大会纪念文集》,第440、441页。
② 杨朔:《人民改造了我》,中华全国文学艺术工作者代表大会宣传处编《中华全国文学艺术工作者代表大会纪念文集》,第428、429页。
③ 丁玲:《跨到新的时代来——谈知识分子的旧兴趣与工农兵文艺》,《文艺报》第2卷第11期,1950。
④ 草明:《写〈原动力〉经过》,《人民文学》第2卷第6期,1950,第87、88页。
⑤ 马加:《我学习群众语言的一点经验》,《文艺报》第2卷第7期,1950。

第五章 外国文艺的取舍：经典的译介与传播

之列。据黄伟林的考察，革命历史小说的许多作者都是"工农兵"，"或出身农村，或出身城市贫民或工人，有过较多的底层生活体验，之后成为职业军人"，如曲波、知侠、刘流、王愿坚、冯德英、杜鹏程、雪克等。① 而对于另一部分职业文人而言，1949 年以后"老作家""旧文人""旧艺人"等称谓，成为文化身份上的历史负担。更有甚者，还集体发表声明改称号。比如，1951 年 10 月 14 日，越剧前辈编导 46 人联名要求，即日取消"老戏师傅"的称号。该声明称，他们在新中国成立后两年来从事改旧工作，并编演了新戏；既然"改旧"是共和国新事物的一种，那么"老戏师傅"这种带有"侮辱性"的称号也应取消。② 另一方面，这一文化与政治资本的配置模式所针对的是如下文艺现实：新中国初期仍有不少文学青年对典雅的古语、"华丽"的白话，以及其他被主流话语划为另类的语言形式抱有偏爱。当时有人提倡新时代作家应自觉缩短在语言学习上的"过渡"期，努力从活人嘴上采用有生命力的词汇，驱逐书本上令人糊涂的语言（诸如"煦照""拍抚""抖展""驱迫"等）。③ 即使在 1960 年代，仍然有部分文化工作者热爱鸳鸯蝴蝶派文学与西洋资产阶级文艺作品。

新时代对语言"欧化"的否定，不仅仅是对语言本身的讨论，还是对五四以来新文学的话语构成和美学风格的再检讨。20 世纪四五十年代之交，主流文艺话语反对语言"欧化"，还反对带有"欧化"风格、"掰开揉碎"式的描写方式，以及大量绵长而缠绕的景物、环境和心理描写手法。有当代学者指出，"欧化"本身就是"现代启蒙话语的产物，"讨论"欧化"必须对其"启蒙主义和西化论的话语背景，有着足够自觉的意识"。比如，傅斯年、朱自清、冯雪峰等认为"欧化"即"人化""现代化"。④ 历史上，汉语的"欧化"包含着一个西方世界观、价值观的输入问题，中国人在接受新学说时，不仅接受了西方的科学文化知识，也在潜移

---

① 黄伟林：《革命历史小说》，洪子诚、孟繁华主编《当代文学关键词》，广西师范大学出版社，2001，第 117、118 页。
② 新仁：《取消"老戏师傅"称号》，《大报》1951 年 10 月 14 日。
③ 江华：《要努力驱逐使人糊涂的词汇》，《文艺报》第 1 卷第 7 期，1949。
④ 旻乐：《汉语的欧化》，《北京文学》1997 年 12 期，第 29~30 页。

123

默化中接受了其时新概念、新词语中所凝缩的西方人的世界观、价值观的影响。还有当代学者甚至将现代汉语的"欧化"夸赞为"是中国人从旧的、腐朽的封建体系中向着新的现代化体系的一次集体大逃亡","至少也是实现了与西方文化的杂交"。① 相形之下,1950年代初共和国作家对于"欧化"的普遍否定,体现了新文艺之于启蒙话语和西方文化的另一种态度。

1953年,现代派作家施蛰存在一次报告中指出,"文学语言,当它从人民口头语言中产生之后,还要从文艺作品中教育人民,帮助人民组织并提高全民性的民族语言"。② 他认为,象征派、未来派、唯美派、颓废派的文学作品"不为大众读者所懂得",他们会说"'黄色的声音','像僵尸一样的灵魂',语法和词汇都没有问题,但是它们并不能传达什么现实的观念〔……〕如果一个作家创造出这种不能传达任何现实的思想观念的文学语言,这已经不是一个文学语言的问题,而是一个思想方法的问题了"。③ 语言作为文学的媒介,其创新实验未必就对作家表达所思所想和反映社会现实构成障碍;现代派作品作为一种文学流派或创作方法,也未必都是逃避现实、言之无物。施蛰存的论述体现了现代派作家如何在新的社会文化范式下反躬自问,以自我否定的方式参与了共和国文学话语系统的构建。一旦人们在文学语言与思想方法及现实社会之间不假思索地建构起简单的对应关系,文艺形式的意义取决于传达现实的社会功用,那么文艺形式自身就失去了独立自主的审美价值。以形式翻新、语言实验、晦涩多义等为特征的现代派文艺,其存在的合法性亦随之受到质疑。

卞之琳的诗歌命运与施蛰存的文学语言观,折射出在共和国社会主义文化谱系构建的初始阶段,中国新文学的现代主义传统与西方的现代主义文艺资源被排斥的边缘化处境。1950年代以后,西方现代主义作品多以内

---

① 张卫中:《20世纪初汉语的欧化与文学的变革》,《文艺争鸣》2004年第3期,第40页。
② 施蛰存:《关于文学语言的几个问题——中文系文学专题报告的讲稿(节录)》,《华东师范大学校刊》1953年12月16日,第四版。
③ 施蛰存:《关于文学语言的几个问题——中文系文学专题报告的讲稿(节录)》(续上期),《华东师范大学校刊》1953年12月30日,第三版。

第五章 外国文艺的取舍：经典的译介与传播

部发行的形式与刊登少量译作的形式存在。它们或未进入公共的文化流通领域，或被译者、编辑、评论者以批判式导读的方式重新编码，而后进入公共的文化流通领域。《译文》是1950~1960年代中国唯一公开出版的译介外国文学的期刊。据崔峰的研究，该刊译介了少量法共现代主义作家作品，对作家的文学身份作"选择性介绍"，对作品作"目的性择取"，以契合其时意识形态的话语模式；而欧美现代主义的重要文学作品几乎缺席。比如，1956年苏联《外国文学》杂志对于波德莱尔的翻译为中国文学场域提供了参照。同年，《译文》刊载了陈敬容翻译的九首波德莱尔诗歌与两篇评论文章。其中一篇是法共作家阿拉贡的纪念文章；另一篇是苏联评论家列维克的文章《波特莱尔和他的"恶之花"》。崔峰认为，列维克的文章将《恶之花》的象征主义美学意义"改写"成一部现实主义作品；而作为译者与编者的陈敬容则含蓄地表达了不同于前者的立场。陈敬容早在1949年前就翻译过波德莱尔的诗歌，对其诗学特征有深刻理解。崔峰认为，她依循原作艺术风格进行翻译，体现了译者的主体性，即"为坚持译出语语境中的美学观念，而对译入语主流意识形态的某种抵抗意识。"[①]

二　文艺教育与报刊出版：翻译与衍生

较之现代主义文学传统，外国古典文学在新中国的处境更为复杂。在主流话语体系中，后者往往被视为具有现实主义精神的作品，而它们的批判性也使其更容易获得译介的"合法性"。在1950年代后期至1960年代初的话语中，"批判十八、十九世纪文艺作品"中的"十八、十九世纪文艺"所指范围宽泛而含混，且在使用中常常与其他词语随意互换，比如，"十八、十九世纪欧美古典文艺""十八、十九世纪西洋文学""十八、十九欧美各国古典文学""十九世纪欧洲资产阶级文学"，以及"资产阶级文艺""西洋文学"等。上述词语均可视为泛指以十八、十九世纪欧美与俄

[①] 崔峰：《别样绽放的"恶之花"："双百"时期〈译文〉的现代派文学译介》，《东方翻译》2015年第2期，第47、52页。

罗斯文艺经典为主要构成的外国文艺，且并不排除更早或更晚时期的外国作品，比如，莎士比亚的作品诞生于十六至十七世纪，罗曼·罗兰的《约翰·克利斯朵夫》诞生于二十世纪初，文艺复兴时代（十四至十六世纪）的歌曲与《一千零一夜》故事集诞生时间更早，但它们都被纳入当时"批判十八、十九世纪文艺作品"活动的检讨范围。

本章描述这一历史文化活动时，仍然沿用其时的指称予以命名；本文所谓"十八、十九世纪文艺作品"的所指内涵也是其时流通意义上的宽泛内容。这些外国文艺作品在新中国的流通与接受主要通过大学教育、公共文化设施、表演艺术、电影娱乐等多种渠道进行。1960年上海展开"批判十八、十九世纪文艺作品"的运动，实可视为对外国文艺遗产在中国传播与接受的一次系统清理。有管理机构系统梳理上海高校、广播、报刊、出版、电影等教育、文化领域存在的问题，并整理为系列报告《关于批判十八、十九世纪文艺作品若干资料》（简称《批判资料》）。1960年2月25日至4月13日，中国作家协会上海分会（以下简称"上海作协"）召开在沪会员大会，主题就是批判修正主义，破除对资产阶级文学遗产的迷信，发展社会主义文学事业。其中一个问题就是"批判十九世纪欧洲资产阶级文学"。有部分上海作协外国文学组会员持反对意见，引发大辩论。根据受资产阶级文艺影响的程度，上海作协会员207人被划分为以下三类：受影响较深者99人，约占会员总数47.8%；受影响较浅的工农、青年会员36人，约占总数17.4%；革命文学工作者（全部党员）72人，约占总数34.8%。①

上海高校从事外国文艺教育的教师队伍成为清查对象。据批判资料，依据所受十八、十九世纪文艺思想影响的深浅程度，教师被分别归类。复旦大学外文系外国文学教研组老师（12人）被划为三类：第一类为有浓厚的资产阶级文艺思想者，占总数的41.6%，如戚叔含、伍蠡甫、杨必等；第二类为资产阶级文艺思想较深者，占总数的25%，如徐燕谋等；第三类

---

① 《关于批判十八、十九世纪文艺作品的若干资料》，1960年3月7日，上档A22-1-480-63。

第五章　外国文艺的取舍：经典的译介与传播

为受资产阶级文艺思想影响较浅者，占总数的33.4%，如袁晚禾等。① 上海音乐学院123名教师被划为四类："盲目崇拜西洋"者共35人，"迷恋"西洋十八、十九世纪音乐艺术；"影响较深"者共47人，"迷信西洋"但也赞同文艺"民族化、群众化"；"影响一般"者共23人，积极参与文艺的"民族化、群众化"但未能摆脱西洋文艺范式；"基本无影响"者共18人，对文艺的"民族化、群众化"有信心有行动。② 上海戏剧学院戏剧学系20名教师中，有14人被划为受到明显影响者。其中，被划为受影响特别深的有7人，占教师总数35%。舞台美术系50名教师中，有35人被划为受影响较深者。其中，被划为受影响特别深的有8人，占教师总数的16%。比如，王挺琦"特别崇拜"法国印象画派；杨祖述"特别崇拜"学院派。"崇拜"欧美生活方式与创作风格的约10人，约占教师总数20%。表演系45名教师中，被划为受影响严重者占46%，如院长熊佛西对西洋文学推崇备至。③ 华东师范大学中文系外国文学组7名教师中，被划为受影响严重者有2名。比如，罗玉君被指受资产阶级心理学家弗洛伊德影响很深，讲课时追求低级趣味。周赞武被指轻视当代文学，宣扬莎士比亚作品中的英雄最了不起，当代文学人物无人能比；宣扬资产阶级的人性论和爱情观。④

上海高校的外国文艺教学亦成为检讨对象：部分教师言论被冠以抹杀文学的阶级性和社会性，散播资产阶级文艺观点；"讽刺打击马列主义，贬低工农兵文学"。一方面，所谓资产阶级文艺观点包括：以真实性来反对阶级性和思想性；宣扬为艺术而艺术和人性论，以唯心主义理论阐释文学现象；以地理环境、气候、民族性等来解释文学现象；强调作家的天才和性格，宣扬个人主义思想。比如，复旦大学的林同济认为，巴尔扎克的个人思想与作品内容背道而驰，是作品的艺术性克服了其落后思想，是现

---

① 《关于批判十八、十九世纪文艺作品若干资料（三）》，1960年3月15日，上档A22-1-480-136。
② 《关于批判十八、十九世纪文艺作品若干资料（三）》，1960年3月15日，上档A22-1-480-137。
③ 《关于批判十八、十九世纪文艺作品的若干资料（二）》，上档A22-1-480-91。
④ 《关于批判十八、十九世纪文艺作品的若干资料（二）》，上档A22-1-480-92。

实主义的胜利。杨烈认为，现实主义主张艺术模仿论。莎士比亚的伟大不在于其政治水平，而在于他能忠实反映时代。戚叔含认为，古典作家有善恶观念而无阶级观点；莎士比亚十四行诗有三个主题：时间、死亡和爱情。此外，他还强调十九世纪法国泰纳的文学史研究原则，即"民族、环境、时间"决定论。这一观点凸显了地理等因素的重要性，降低了社会的重要作用。① 杨烈还表示，巴尔扎克的成功归因为天才、友谊、爱情三个元素；罗马诗人卡塔鲁斯的一段苦涩恋爱史促使他成为一位伟大的抒情诗人。② 另一方面，所谓贬低工农兵文学，具体表现如下。比如，伍蠡甫教文艺学引论时不着重讲文艺的党性原则；林同济与戚叔含批评文艺界机械套用马列主义公式，引用马列主义话语作为保险的文风；戚叔含认为普及和提高各有分工，大学教授的作品不可能是大众读物。③

　　高校外国文艺课程的作品选择也成为清查对象。华东师范大学中文系欧美文学课（主讲教师罗玉君）选择的作品被指不当，有严重的厚古薄今的倾向。比如，选入《十日谈》和莫泊桑的田园诗，缺乏"十月革命"以后的欧美进步文学作品。又如，1957年、1958年上海戏剧学院文艺理论教学中，四年级的剧本选读以外国古典作家作品为主体，如格利鲍也多夫的《智慧的痛苦》、奥斯特洛夫斯基的《大雷雨》与《没有陪嫁的女人》、易卜生的《娜拉》、莎士比亚的《第十二夜》与《凯撒大将》、契诃夫的《樱桃园》与《三姐妹》、莫里哀的喜剧、普希金的《波里斯·戈都诺夫》、果戈里的《钦差大臣》、高尔基的《底层》、高乃依的《熙德》等。④ 与作品选择相关的是外国文学的教材问题。据批判资料，上海师范学院朱雯撰写的"十九世纪欧洲文学史"（讲义）、"欧美文学史讲授提纲"及任

---

① 《关于批判十八、十九世纪文艺作品若干资料（三）》，1960年3月15日，上档A22-1-480-138～140。
② 《关于批判十八、十九世纪文艺作品若干资料（三）》，1960年3月15日，上档A22-1-480-140。
③ 《关于批判十八、十九世纪文艺作品若干资料（三）》，1960年3月15日，上档A22-1-480-141。
④ 《关于批判十八、十九世纪文艺作品若干资料（三）》，1960年3月15日，上档A22-1-480-142。

第五章　外国文艺的取舍：经典的译介与传播

钧、秦德儒撰写的"十九世纪俄罗斯文学讲授提纲"有如下问题论点：雨果的《悲惨世界》表现人类高贵的热情和对劳动人民的博大的爱，《巴黎圣母院》的敲钟人（加西莫多）形象体现了爱情和仁慈的万能思想；雪莱的诗歌《伊斯兰的起义》洋溢着解放人类、反对一切压迫与剥削制度的思想；狄更斯作品有以道德教育消除社会纠纷的改良主义色彩和对于公开的阶级斗争的恐惧，但仍不失为一个伟大的人道主义者和资本主义世界罪恶的彻底揭露者；莎士比亚的伟大首先在于其人文主义思想；伏尔泰虽然并不主张革命，但无疑是杰出的争取理性和人性解放的斗士；《约翰·克利斯朵夫》揭示了资产阶级文化的堕落，但作者宣扬不干预生活，让他的主人公与现实妥协；普希金、果戈里、屠格涅夫、托尔斯泰、契诃夫的作品在思想性与艺术性上都占据世界文学首位，其革命思想激发中国人对旧社会、旧制度的憎恨。① 批判资料仅仅摘录问题观点，未指出问题所在。上述文学评价中，"人道主义"与"人性论"及"博爱"等概念在当时主流话语中，都属于被批判的资产阶级文艺思想。此外，1959年起中苏在国家利益与意识形态上出现分歧，外交、军事关系上走向疏离甚至对峙。1960年代中国对于俄苏文学与苏联电影的评价导向也变得微妙复杂。

在出版领域，从事外国文艺翻译与出版的工作者也成为清查对象；有部分外国文艺作品的前言、后记及书评，被指缺乏批判力度和"正确"分析。以上海文艺出版社为例。该社前身为新文艺出版社，成立于1952年，1958年与上海文化出版社、上海音乐出版社合并，更名为上海文艺出版社。1960年上海文艺出版社的26位翻译（苏俄、英美、德法作品）工作者中，除3名党员，其他23人皆被划为受资产阶级文艺思想影响严重者。② 据上海文艺出版社统计，该社自1952年至1959年，共出版十八、十九世纪文学作品252种（其中私营出版社重印有104种）共计405.3万册。其中，以1957年出版93种（私营转印49种）为最多，1956年为50种，1959年下降至15种。它们包括托尔斯泰、契诃夫、巴尔扎克、

---

① 《关于批判十八、十九世纪文艺作品的若干资料（二）》，上档 A22-1-480-92~95。
② 《关于批判十八、十九世纪文艺作品的若干资料》，1960年3月7日，上档 A22-1-480-63。

莎士比亚、乔治·桑、奥斯丁、司汤达等人的作品。这些译本的发行册数多为每种1万余册,莎士比亚剧本的印数则平均为5000册。苏俄文艺理论出版册数每种为5000册至2.39万册,如梁真译的《别林斯基论文学》。《红与黑》(罗玉君译)与《傲慢与偏见》(王科一译)也较受市场的欢迎。①

  译者撰写的前言、后记成为主要批判对象,根本原因在于管理机构期待它们承担起引导读者理解作品的内容,发掘作品的批判意义,并使其合乎主流意识形态话语体系的功能。因前言、后记、编后记等要求着重批判,上海文艺出版社的外国文学编辑普遍觉得难写:一方面,以往写作时借用苏联理论文章较多,但这些文章肯定多否定少;另一方面,大部分译者并非马克思主义文艺理论研究者,所撰前言、后记往往不合要求。② 那么,如何评价外国文艺作品,才是"批判地"对待呢?批判资料罗列的"毫无批判"或"无力的分析批判"的前言、后记,提供了反面案例。我们或可由此推导其时主导文艺作品的阐释路径的种种规范。比如,译者许君远在《老古玩店》(新文艺出版社,1956)的译后记中称,该作品是浪漫主义与现实主义的结合,人道主义的现实主义作品;狄更斯具有高度的写作技巧与民主精神,极端憎恨社会不公,同情受压迫者和小人物,能够忠实地反映他生活时代的疾苦。而批判资料称,该作品充满了阶级调和与宿命论色彩。《傲慢与偏见》(新文艺出版社,1956)的译者前言称,小说取材也许比较狭隘,但写出了她所熟悉的东西;达西代表了新兴的城市资产阶级,是那个时代比较先进的典型。批判资料指出,该作描写上流社会的儿女私情而译者美化了作者与达西;译者断章取义地引用外国作家或共产党员的评价,借以作为自己发表资产阶级观点的论据。童话故事也成为检讨的对象。《安徒生全集》(新文艺出版社,1957)的问题包括:全集本"不分糟粕精华,统统收入";译者叶君键的译后记多是版本考证,极少分析作品;译后记推崇篇篇童话都是散文诗,充满了真善美和博爱的人道主

---

① 《关于批判十八、十九世纪文艺作品的若干资料》,1960年3月7日,上档A22-1-480-64。
② 《关于批判十八、十九世纪文艺作品的若干资料》,1960年3月7日,上档A22-1-480-62。

第五章　外国文艺的取舍：经典的译介与传播

义精神。①

此外，根据十八、十九世纪西洋文学作品改编的连环画、少儿读物和音乐作品的出版物也成为清查对象。以上海人民美术出版社为例。根据他们对十八、十九世纪西洋美术的看法，上海人民美术出版社美术编辑室编辑与创作人员（共23人）被划分如下类别：崇拜十八、十九世纪俄罗斯造型艺术者约6人，约占总人数的26.09%；崇拜西欧美术者约4人，约占17.39%；受较少影响者，约5人（不懂上述外国美术者），约占21.74%；有一般资产阶级艺术思想者（主要表现为重形式技巧轻内容），约8人，约占34.78%。② 1955年到1959年，该社共出版由十八、十九世纪西洋文学作品改编的连环画共计42种，包括《快乐王子》（王尔德原著，印数13.5万册），《牛虻》（伏尼契原著，印数15.11万册），《一串项链》（莫泊桑原著，印数7.6万册），《威尼斯商人》（莎士比亚原著，印数4.7万册），《瑞典火柴》（契诃夫原著，印数7万册），《一个农民的命运》（托尔斯泰原著，印数3.3万册），《伪君子》（莫里哀原著，印数7.1万册），《跳来跳去的人》（契诃夫原著，印数5.7万册），以及《阿里巴巴与四十大盗》（印数11.1万册），《农夫的聪明女儿》（印数10万册）等。③

据批判资料，连环画读物的主要问题是"宣扬资产阶级的人性论"与"爱情至上"的观点。比如，据《乡村里的罗密欧与朱丽叶》（凯勒原著）编绘的连环画《仇恨与爱情》，讲述了一对恋爱青年因两家结有深仇而不能结合，最终投河殉情的故事。编绘者增添了原著所无的情节：两人疯狂拥抱，紧紧搂在一起纵身跳河。连环画《虎皮武士》（同名原著实为十二至十三世纪作品）的"内容提要"称，该故事歌颂了人类伟大的感情：友谊和爱情。④ 此外，1953年至1959年上海少年儿童出版社出版的十八、十九

---

① 《关于批判十八、十九世纪文艺作品若干资料（三）》，1960年3月15日，上档A22-1-480-151、152。
② 《关于批判十八、十九世纪文艺作品的若干资料（二）》，1960年，上档A22-1-480-100-101。
③ 《关于批判十八、十九世纪文艺作品的若干资料（二）》，1960年，上档A22-1-480-95。
④ 《关于批判十八、十九世纪文艺作品的若干资料（二）》，1960年，上档A22-1-480-99。

世纪西洋儿童文学作品共计 80 种，约占其出书总数（2640 种）的 3.03%，约占其译文出书总数（526 种）的 15.21%。①部分作者或编辑认为，《格林童话》《安徒生童话》等在当时中国社会仍然具有培养儿童情操，进行思想品德教育的意义。上述观点也被认为是追捧西洋古典文学作品。

上海广播电台介绍外国文艺的节目也是检讨的对象。1957 年上海人民广播电台的西洋古典音乐的节目和介绍西洋古典作家作品的节目，都被批评为宣扬资产阶级人道主义与人类的爱，宣扬资产阶级个人主义与感伤主义，且被指责介绍宗教音乐或宗教气息强烈的作品。比如，节目中介绍贝多芬的《D 大调庄严弥撒曲》时称，"他（贝多芬）默认这种爱可以使人类永远和平相处，永远过着幸福、愉快的生活。这首乐曲就是来表明这种信念的"；介绍马勒的《大地之歌》时说，"每一段落之间，都反映了马勒爱世界、爱自然、爱人类的理想，所以这部音乐，是人道主义传统的伟大的遗产"；介绍柴可夫斯基的《第四交响曲》的创作思想时道，"一生当中只有艰苦沉重的现实和转瞬消逝的梦境以及对幸福的幻想在轮回交替着"。②此外，高校音乐教育也是清查的对象。上海音乐学院声乐系 1959 年一学期共学习歌曲 247 首。其中，中国歌曲 141 首，外国歌曲 106 首。外国歌曲中除一首保加利亚现代歌曲外，其余全部划为"十八、十九世纪作品"，并分类如下：文艺复兴时代的意大利歌曲，表现个性解放要求与争取恋爱自由；十八、十九世纪西欧作品，表现爱情和知识分子的苦闷忧郁等；十八、十九世纪俄罗斯作品，表现爱情与宣扬资产阶级人道主义。批判资料称，这些作品都具有"有害的副作用"，需要批判地对待。③

由上可见，1960 年针对十八、十九世纪外国文艺作品的批判活动，源于作品流露的人性论与人道主义及个体解放等思想，与本土革命话语中的阶级斗争论背道而驰。此外，中国文艺工作者和教育者对于外国作家世界

---

① 《关于批判十八、十九世纪文艺作品的若干资料（二）》，1960 年，上档 A22-1-480-96。
② 《关于批判十八、十九世纪文艺作品若干资料（三）》，1960 年 3 月 15 日，上档 A22-1-480-153、154。
③ 《关于批判十八、十九世纪文艺作品若干资料（三）》，1960 年 3 月 15 日，上档 A22-1-480-144。

第五章 外国文艺的取舍：经典的译介与传播

观与创作之关系的阐释，与本土流行的文艺观念有所抵牾，可能也是原因之一。比如，欧阳文彬（《新民晚报》文艺组）曾在《文艺月报》上介绍陀思妥耶夫斯基的《穷人》，并著有《陀思妥耶夫斯基和他的作品》。她非常欣赏陀氏作品的人道主义色彩，以及他写的小人物和生活细节的艺术感染力。欧阳文彬认为陀思妥耶夫斯基的作品体现了其世界观与创作的矛盾冲突：作家的反动世界观怎样局限了创作的深度，现实主义的手法又怎样突破世界观的局限，让活生生的社会真相向读者现身说法，使作品发挥意想不到的作用。[1] 批判资料称，欧阳文彬"毫无批判"地介绍陀氏作品，赞扬其中的人道主义与人性论等资产阶级观点。又比如，上海戏剧学院教师丁小曾对同学们说，古典作家的作品和其世界观是矛盾的，但为何会写出好作品来呢？因为不管作家的世界观如何，只要他客观地反映生活，就能写出合乎当时社会生活的真实。[2] 这一观点与欧阳文彬关于陀氏作品的现实主义、复旦大学林同济关于巴尔扎克作品的现实主义的分析，如出一辙。它们都被批判资料划为问题观点。

欧阳文彬、林同济等关于现实主义的评论不仅不合时宜，而且还挑战了1950年代主流文艺观念的"合法性"。1949年前后，书写对象的新变对书写者提出了新的要求，即写新人要求创作者自身也要转变为新人。1950年《文艺报》曾经提出一个问题："你怎样发现新人物的？你如何把各种萌芽状态的新品质概括为比较完整的新人物？"刘白羽的回答是说：文艺工作者只有改造自己，思想感情上与工农兵先进人物合二为一，才能眼光明亮，随时准备迎接新鲜事物。也就是说，要表现新人，自己首先要是先进的人物。[3] 这种观点在当时相当流行。比如，艺术家只有掌握了正确的世界观和人生观才能表现新的英雄人物和英雄事迹。[4] 要写好积极主题，

---

[1] 《关于批判十八、十九世纪文艺作品若干资料（三）》，1960年3月15日，上档A22-1-480-146、147。
[2] 《关于批判十八、十九世纪文艺作品若干资料（三）》，1960年3月15日，上档A22-1-480-144。
[3] 刘白羽：《表现新的时代新的人物》（下），《文汇报》1952年5月26日，第七版。
[4] 《大会宣言》，中华全国文学艺术工作者代表大会宣传处编《中华全国文学艺术工作者代表大会纪念文集》，第149页。

作者首先要是个积极主体。① 写新的英雄人物首先要求作者成为共产主义思想和道德的表率。② 总之，诸如此类的说法将文艺创作的问题归根于创作者的世界观，并将创作者的世界观与表现对象的世界观对等观之。无论来自解放区的作家，还是未参加过革命的知识分子，由于大多被划为小资产阶级，都未能算作社会主义新人。从革命的小资产阶级到社会主义新人的转变必须通过改造完成。在上述逻辑下，文艺创作层面的问题几乎都可由世界观来包揽解决。因此，他们理所当然地认为改造可使小资产阶级的知识分子获得的不仅是工农兵立场及情感，还有新的创作手法。③ 反之，如果新人没有写好，则被归因为创作者的党性不够、思想感情未能彻底改造。④

此外，外国文艺理论资源也对其时本土最高文艺准则的权威性构成障碍。比如，上海戏剧学院教授文艺理论的教师就认为，《讲话》是方针政策，真正的文艺理论要到别林斯基、车尔尼雪夫斯基那里去找；中国的文艺批评要走别林斯基的道路。华东师范大学欧美文学教授罗玉君认为，莎士比亚是最伟大的人文主义作家，他是千秋万代的诗人，是现实主义的大师。⑤ 这些言论都被批判资料列为问题观点。上述论点触及令人反思的根本问题：何为现实主义？现实主义作家何为？什么是文学的真实性？真实性与阶级性的关系是什么？这些被冠以现实主义的世界经典作品以其历久常新的文学魅力，对1953年提出的社会主义现实主义原则，以及1958年提出的革命的现实主义与革命的浪漫主义相结合的原则，构成了质疑甚至挑战。

三　余音未绝：表演与重生

问题的复杂性在于"十七年"时期社会主义文艺构型并不具有稳定

---

① 臧克家：《为什么"开端就是顶点"》，《人民文学》第2卷第5期，1950，第70~72页。
② 陈淼整理《几个创作思想问题的讨论——记全国文协组织第二批深入生活作家的学习》，《人民文学》1953年1月号（第39期），第49~55页。
③ 臧克家：《为什么"开端就是顶点"》，《人民文学》第2卷第5期，1950，第70~72页。
④ 陈淼整理《几个创作思想问题的讨论——记全国文协组织第二批深入生活作家的学习》，《人民文学》1953年1月号（第39期），第49~55页。
⑤ 《关于批判十八、十九世纪文艺作品的若干资料》，1960年3月7日，上档A22-1-480-51。

第五章　外国文艺的取舍：经典的译介与传播

的、持久的规范机制。相反，不断冲突、否定、调整的流动性成为其处理现实文化危机与应对政策频繁变动的动力机制。"十七年"文艺形态也因此呈现间歇性的收紧与开放的特质。1956年至1957年初推行的"双百方针"与其后发动的"反右"运动即构成对照。1958～1960年的"大跃进"与1961～1962年政治经济文化政策的调整又构成对照。1961～1962年，国家先后举行新侨会议、广州会议、大连会议，检讨先前"极左"文艺路线，提倡尊重艺术规律，发扬艺术民主。在不同的文化气候下，主流意识形态话语体系对于西方文化资源的取舍态度与本土文艺创作的评价立场都所不同。

1957年3月和6月，《牛虻》的译者李俍民在《文汇报》发表两篇文章，批评中国青年出版社删节译本。这一主流报刊发表的批评意见，在1960年又被批判资料划为问题观点。① 李俍民认为，不管删节的理由是宗教气氛过浓，还是烦琐描写，都与主要情节无关，所有的删节都是对古典名著和文化遗产的不尊重。比如，《牛虻》的中译本第九章有一段牛虻与琼玛关于暴力的对话。其中，一些片段被剪除，如"'[……]我去罗玛亚的次数不多，但就凭我看到的这一些些，当地的人民已给了我这样的一种印象：他们对使用暴力已经成为或者快要成为机械的习惯了'"，"'即使是这样，这也当然要比顺从和屈服的机械习惯好得多。'"李俍民称之为"奇特的电影剪接式"的删减方法。② 关于亚瑟和蒙泰尼里观赏阿尔卑斯山夕照的情节，伏尼契以风景描写表现人物内心世界，有浓重的宗教神秘色彩。这些风景描写在中译本中也被删除。比如："'[……]我看见一头巨大的生物匍伏在无始无终的蓝色虚空之中。我看见它一世纪又一世纪地等待着上帝圣灵的降临。这是我从望远镜里隐约地看到的。'""在愈来愈浓密的黄昏阴影中变得模糊不清的高大松树，像哨兵一般地矗立在羁束着溪流的狭窄坡岸上。一会儿，红得像一块烧透了煤也似的太阳，沉到锯齿形

---

① 《关于批判十八、十九世纪文艺作品若干资料（三）》，1960年3月15日，上档A22-1-480-149。
② 李俍民：《奇特的删节法——对"牛虻"删节本的意见之一》，《文汇报》1957年3月27日，第三版。

的山峰后面去,一切生命和光线全离开了大自然的表面[……]在愈来愈浓密的黑暗中,那道湍急的溪流发出的怒吼和哀号,它正怀着永恒的绝望心情,疯狂地敲打着它的牢狱的石壁。"李俍民认为,作者对大自然的刻画达到了黄宾虹山水画的意境;色彩的组合和光线的明暗对比,达到了诗和美的境界。①

1950年代外国文学经典不仅受到教师学生的青睐,还拥有大量其他的社会读者群。据上海图书馆的统计,1958~1959年全馆外借图书总数是926725册次,其中十八、十九世纪欧美各国古典文学(实为泛指意义)书籍计39291册次,约占总数4.2%;这些书籍的读者共39291人次,约占全馆借书读者总数的5.6%。其读者分布,依次为其他(13834人次,约占35.21%)、职员(9176人次,约占23.35%)、工人(5387人次,约占13.71%)、学生(5027人次,占12.79%)、教员(2663人次,约占6.78%)、技术人员(2595人次,约占6.60%)、军人(588人次,约占1.50%)、农民(21人次,约占0.05%)。由读者分布来看,无法归入上述职业与身份的社会群体("其他"类)才是最大的读者群。其中,两年间被借阅次数最多的依次为屠格涅夫(作品22种,出借4388册次)、莫泊桑、托尔斯泰、巴尔扎克、狄更斯、左拉、陀思妥耶夫斯基、罗曼·罗兰、契诃夫的作品。两年来出借次数最多的作品依次为《约翰·克利斯多夫》(出借1020人次)、《巴黎一市民的星期天》、《哈克贝利·芬历险记》、《莫泊桑短篇小说集》、《天才》、《安娜·卡列尼娜》、《贵族之家》、《罗亭》等。其他的,如《简·爱》两年出借255人次。上海图书馆仅收藏两本,导致该书未能在图书馆放置一小时以上。又如《红与黑》收藏10本但仅出借一本,两年来出借183人次,也从未在图书馆放过一天。②《约翰·克利斯多夫》与《红与黑》在其时历史文化语境中被视为具有个人奋斗色彩、有违集体主义信念的作品。然而它们流通极快,可能恰恰与其个

---

① 李俍民:《阿尔卑斯山的夕照——对"牛虻"删节本的意见之二》,《文汇报》1957年6月12日,第三版。
② 《关于批判十八、十九世纪文艺作品的若干资料》,1960年3月7日,上档A22-1-480-64~66。

第五章　外国文艺的取舍：经典的译介与传播

人色彩有关。有上海戏剧学院的老师向学生推荐《约翰·克利斯多夫》，称主人公的坚强精神值得学习，自己空虚苦闷时阅读此书。①

1961~1962年，批判十八、十九世纪文艺作品活动中所秉持的某些规范原则，其合理性又受到了挑战。据1961年7月上海市委宣传部资料，文艺界听了中共中央宣传部文艺工作座谈会（应指1961年6月的新侨会议）的报告后，上海文艺出版社编辑与部分剧团编导人员对文艺配合政治运动的做法提了许多意见。该社三个编辑室都反映出版工作限制多。外国文学编辑室反映，对于译者前言、后记的写作要求过高。比如，袁可嘉译的《英国宪章派诗抄》，书已印制两年却未能发行，只因缺少分析原作的前言；全增嘏译的《艰难时世》要求重印，也因缺乏前言而未能进行。戏剧等编辑室曾编选《西洋古典歌剧曲选》，因唱诗多为上帝和爱情而被退稿。该室对爱情题材的戏剧或音乐选题，顾虑重重。诗歌只选表现重大题材者，不选抒情诗歌与爱情诗歌。还有编辑提出，各项政治运动一发动，出版局领导即召开会议向各出版社负责人分配任务；社长再经由编辑室向各业务组分配任务；作者做命题作文，质量很差。此外，领导审阅来稿着眼政治层面（题材与主题思想）而极少推敲其艺术性。②

1961~1962年，文化环境短暂回暖；1963~1964年，文艺界再度转向，暗潮涌动。据上海市委宣传部报告，1963年上海市电影局资料室根据党委和影协党组的指示，清理外借图书，加强管理。运动开展以前，"含有封建迷信毒素及宣扬资产阶级思想和生活方式"的外国小说与旧小说是争相阅读的作品，比如《福尔摩斯探案》《人猿泰山》《啼笑因缘》等。运动开展后，资料室清理、存放了这类书籍，并调整图书陈列，突出了政治理论、文艺理论和现代工农兵题材作品，提高它们的出借率。比如英、美、法等国小说，古代章回小说等，出借率显著下降。而反映工农兵生活和斗争的小说运动前的5月份，借出81本；运动后的11月份，则上升为120本；反映亚非拉地区人民斗争的小说，5月份无借出，11月份则增加

---

① 《关于批判十八、十九世纪文艺作品的若干资料（二）》，上档 A22-1-480-91~92。
② 中共上海市委宣传部办公室文艺处编《文艺界对中央宣传部文艺工作座谈会的反映（二）》，1961年7月21日，上档 A22-2-988。

到 12 本。①

但外国文艺作品对于本土文艺教育与生产的影响，余音未绝。"如何正确地在舞台上反映十九世纪的文艺作品"的问题，再次浮出历史地表。如上海实验歌剧院对外公演的歌剧《蝴蝶夫人》；该歌剧以美国作家约翰·路德·朗的短篇小说《蝴蝶夫人》（1898）为蓝本，由意大利作曲家普契尼创作，并于 1904 年首演。上海儿童艺术剧院排演舞台剧《哈克芬历险记》，该剧由马克·吐温的《哈克贝利·芬历险记》（1884）改编而成。舞台剧为中国福利会美籍顾问谭宁邦改编、该会业务室主任邹尚泉翻译、儿童艺术剧院院长导演。《蝴蝶夫人》的导演张拓强调，该剧根据原作版本，恢复了过去曾被删削的部分，以展现原作真实面貌。该剧也许正因此而受到批判。批评者指出，《蝴蝶夫人》大量渲染人性论思想，用资产阶级人道主义思想把美帝国主义的扩张行为，作了罗曼蒂克式的描写；把帝国主义侵略者在被奴役国家玩弄妇女的罪行，写成资产阶级式的"痴心女子负心郎"的爱情悲剧；剧中甚至有高喊"伟大的美国万岁！"的细节，表现了编导者观点上的错误与思想上的混乱。该批评者认为，剧院与评论界对此类节目的津津乐道与推崇赞扬，反映了文艺界的某种思想倾向。批评者还要求舞台剧《哈克芬历险记》进行大幅度修改。批评报告称，该剧渲染黑人孩子汤姆·莎耶的海盗式的冒险行为，弱化了原小说抨击种族歧与揭露美国的进步意义；未达到改编者与导演的原初目标，如以人道主义的态度对待黑人和塑造的人物兼具阶级性与人性，揭露美帝国主义本质等。②

反过来看，外国文艺遗产不仅能以改编的形式在中国舞台获得展现，还可以通过与本土文艺传统磨合、撞击与组合的方式获得重生。1963 年上海两位青年实习编剧的作品，显示了西洋文艺对于本土文艺创作者的影响难以彻底清除，以及上海市委宣传部门对此现象的种种担忧和不满。在一份市委宣传部的报告中，两位青年的作品被定性为"暴露了伤感、颓废的

---

① 上海市电影局办公室编印《情况简报》第一期，1963 年 12 月 10 日，上档 A22 - 1 - 614 - 43，44。
② 《如何正确地在舞台上反映十九世纪的文艺作品》，上档 A22 - 2 - 1131 - 18 ~ 23。

第五章 外国文艺的取舍：经典的译介与传播

情调和极不健康的思想感情"。① 其中，一位是虹口区某越剧团编剧李惠康（27岁，共青团员）。他根据吴趼人的同名小说《恨海》改编了一部新戏，讲述了清朝一个官僚家庭在八国联军入侵北京后流离失散、家破人亡的故事。剧中，父母逃难遇害；大儿子堕落致死，其未婚妻削发为尼；二儿子因未婚妻沦为妓女，出家做了和尚。该报告指出，作者通过这部戏大肆发挥原作的"糟粕"，抒发自己"不健康"的情感，甚至另行"创作"。比如，大量渲染谈情说爱情节，将旧上海吃喝嫖赌、十里洋场的景象毫无批判地编入了唱词。尽管戏里穿插反帝反封建的情节，但其与戏的整体情调格格不入。另一位青年是上海越剧院的编剧周建尔（23岁，共青团员）。他近来常给郭沫若等领导写信、献诗。比如，诗歌《坟》："我用感情的金诗/砌成诗歌的坟/它有如屈平的'离骚'/有如沫若的'女神'//我要盖起宫殿般的归宿/来安置我的灵魂/可又担心活泼的感情/耐不住墓穴的孤独与沉闷//［……］我将在墓室中久久等待/等待考古者前来叩门/我要把感情随同灵魂/都呈献给我了解的人。"② 诗歌摹写的是自己的文学梦，抒发的是怀才不遇的情绪。这两位青年均于1961年毕业于上海戏剧学院戏剧文学系，且家庭"出身很好"。李惠康的家庭为城市贫民，从小由姐姐与姐夫（均为中共党员）抚养；周建尔的父母都是革命老同志。

该报告发问："为什么在新社会成长、由党一手培养出来的青年，会有那样的思想感情，是一个值得深思的问题。"报告将上述作品的"伤感主义"和"颓废思想"的根源归咎为他们"在学校生吞活剥地吸取了不少资产阶级十八、十九世纪的东西，走上工作岗位又成天埋头于传统剧的改编"。③ 该报告称，李惠康特别欣赏这些外国作品中宣扬的人性与爱情，最崇拜屠格涅夫的爱情小说与莎士比亚的十四行诗。他认为只有这些作品真正倾注了思想感情，给予他乐趣和灵魂。因此他专门搜集才子佳人、谈情

---

① 中共上海市委宣传部文艺处编《文艺情况汇报》，1963年3月26日，上档A22-2-1131-42~49。
② 中共上海市委宣传部文艺处编《文艺情况汇报》，1963年3月26日，上档A22-2-1131-42~49。
③ 中共上海市委宣传部文艺处编《文艺情况汇报》，1963年3月26日，上档A22-2-1131-42~49。

说爱的作品予以改编，如《啼笑因缘》、《卓文君》和《恨海》等。李惠康被称为"鸳鸯蝴蝶派的后代"；周建尔则被称为"五四青年""十八世纪的年轻人"。李惠康与周建尔的问题并非个别现象。据统计，1961年上海戏剧学院毕业的24个编剧，在1962～1963年都从事改编旧戏工作。已上演的改编剧本有《西游记》（京剧）、《宏碧绿》（京剧）、《啼笑因缘》（越剧）、《卓文君》（越剧）、《好逑传》（越剧）、《花田错》（越剧）、《啼笑因缘》（沪剧）、《荷珠配》（沪剧）、《秋海棠》（沪剧）、《铡包勉》（淮剧）、《鸳鸯谱》（淮剧）、《井台会》（淮剧）、《李双双》（沪剧）等。其中，除《李双双》为现代戏外，其他全部是传统戏。此外，青年编剧者生活基础薄弱，创作现代剧有困难，也导致了他们专注于传统剧的改编和整旧。[①]

1950年代至1960年代初，外国文艺作品在中国遭遇的狂热与批判、清理与再生、删削与还原，显示了"十七年"时期社会主义文艺场域构型的流动性与文艺生态结构的含混性。这种含混性与流动性与文艺政策的不断调整、文艺环境间歇性的收紧与放松有关。当宣传部门追问新社会培养的青年如何会有伤感与"颓废"思想，并将其源头归咎于西洋资产阶级文学的影响时，我们或可看出国族文化或革命文化的单一框架难以涵括"十七年"时期复杂的文艺形态与运作机制。管理部门与主流意识形态话语体系对外国文艺作品的甄别，外国文艺教育与出版队伍的清查，以及作品阐释路径的规范，都是社会主义文化建构的一分子。它们通过批判的方式吸纳他者，重整既有的文化谱系，维护主流话语体系的统一性。上述活动指向的仍然是新文学如何"化欧"这一现代文化命题。在社会主义的文化进程中，本土文化与外来文化相互勾连、彼此竞争；主流话语体系对于外国文艺的归化与外国文艺作品对于本土文化生产的渗透，犬牙交错、缠绕共生。对于两者互动关系的研究，不仅具有认知社会主义文化进程的历史意义，还具有打开既有国别文学框架研究空间的理论意义。在社会主义文学

---

① 中共上海市委宣传部文艺处编《文艺情况汇报》，1963年3月26日，上档A22-2-1131-42~49。

第五章 外国文艺的取舍：经典的译介与传播

框架内讨论本土对于外国文艺作品的重估与批判，有助于我们认知这一框架本身及其效应。管理机构及其主导文艺话语体系对于外国文艺资源的清理整合，就是通过投射其时的主流意识形态框架来理解与回应外来文化的。而这一框架本身既缺乏固定不变的绝对内容，也缺乏可标准化应用的架构形式。它的流动性往往与文艺政策的调整、文化体制的改革、管治力度的变化有关。

外国文艺经典译本既是被管治、被召唤、被吸纳的对象，也是干扰话语的认知模式与本土作品的写作范式的主体。外国文艺经典作品译本及其附加文本或衍生品（前言后记、文艺评论、原著改编、表演艺术、文艺教育等）制造了另一种灵活多样的文化资源，人们通过消费、模仿甚至再造它们，使其在本土获得新生，进而影响了中国社会主义文化结构的塑形。外国文艺教育者工作者对于作品的传播与重写就是通过附加文本与衍生品将其重新编码，输入公共文化流通渠道的，无论其编码是否合乎其时主导话语规范要求。外国经典文艺作品还通过与本土文艺传统（如鸳鸯蝴蝶派）的联结、对话、重组等多种形式影响本土文化产品的生产。"十七年"时期的本土文艺生产为种种主导范式所规约，外国文学的翻译、改编、表演，让文化工作者与其他受众群体，可以探索另类的文学形态与思想观念。管理机构期待通过规范附加文本，引导读者对外国文艺作品的理解合乎主流意识形态导向；外国文艺的教育者工作者通过创作附加文本获得另类情感的存寄与自我身份的建构；读者通过寻找、捕捉激发阅读快感与审美愉悦的作品获得人性共鸣、人类共情的体验。这些作品展示的文学世界对于本土革命文化的受众而言，既陌生又熟悉。尽管它们表现的域外社会遥远抽象，但人物个体的情感命运又那么具体可感。它们的抽象距离让主导文艺话语难以用阶级观念予以规约，它们的共情可感又令其弥散着超越既存现实的神秘魅力。尽管外国经典文艺资源被各方力量投注了强烈的文化政治意识，但它们并不占据社会主义文艺场域的中心位置，其作用不能被过分政治化。这一讨论有助于理解中国社会主义文化对于世界文学的接受与变异，以及跨文化流通的可能及其限度，揭示了社会主义文化进程中的间歇性矛盾与流动性结构。

"十七年"时期中国的文化身份建构不是封闭隔绝、不言自明的,而是置身于中西古今的文化谱系中抉择的结果。这些文艺资源不是空洞的概念符号、任由不同群体投注各自的认知框架与政治意识的客体,而应是灵动多姿的世界和潜力无限的主体。它留给我们的思考是:"十七年"时期外国文艺作品在本土的传播、接受与重生,固然受到政治影响,但它们亦是社会主义文艺生态系统的构成分子。管理机关及其主导话语对它们的批判亦可视为把握他者的主体冲动与一切为我所用的自我肯定。外国文艺作品译本及其衍生品可以视为社会主义文化范畴内的一种延伸,是构成差异、反抗既有文艺范式僵化与批评模式乏味的一种资源。它们彼此竞争又互相依赖,充满张力又交错共生。

余 论

1945年第二次世界大战结束，随后世界冷战格局的开启，促使美国政府通过"文化外交"，积极参与并影响亚洲地区的战后文化重建。而这一时期，就中国政治与文化而言，亦是关键时刻。此时，中国香港，由日本占领重新变为英国管治；台湾，结束日本50年的殖民统治转由中国国民政府接管；而大陆，于1949年开启了由中国共产党领导的新格局。处于不同位置的中国知识分子出于信仰信念与利益考量，部分移居台湾、香港等地，部分由海外返回中国大陆投身于建设热潮。国共内战、新中国的建立以及世界冷战格局的开启，使得中国不同区域在20世纪四五十年代都经历了频繁的文人空间流转与文艺场域的重构。

在文学与史学研究者的推动下，战后初期三个地理空间（中国的大陆、台湾及香港）交接处的复杂面相，已渐次显现，但尚待开发的空间仍然相当宽阔。一方面，在中国20世纪文学史研究中，既有的研究框架往往遮蔽了冷战格局之于各自文学场域构型以及三者结构关系形成之作用的讨论。而冷战文化所产生的持久文化影响亦缺乏系统的探讨。另一方面，就国际冷战研究而言，尽管文化冷战的重要性自1990年代以来逐渐获得国际学者的关注，但冷战研究仍多侧重于政治、军事、经济、外交等层面。就英文学术文献而言，近年来文化冷战研究仍多以欧美的"文化外交"为中心。"文化外交"，又称公共外交，指国家及其人民之间以促进相互理解为目的的思想、信息、艺术等方面的文化交流。冷战时期，美国对香港、台湾地区开启的文宣活动，目前已引起学界关注。就三地而言，从冷战文化视野出发，对不同区域文艺形态与机制进行考辨钩沉、比较梳理，目前尚缺乏系统研究。

在中国大陆，学者大体倾向于将冷战开启这一时段的文学称为20世纪四五十年代之交的"转折时代"。所谓"转折"是指以延安文学作为主要构成的左翼文学/文化在中国大陆取得支配性地位的过程。比如，洪子诚[①]、钱理群[②]、贺桂梅[③]、程光炜[④]、郭建玲[⑤]等。这一左翼线索的理论框架决定了上述研究多选取几位1949年后被经典化的中国大陆新文学作家进行笼统描述，由此勾勒出宏大的历史图景。此外，也有学者沿袭传统的作家、流派研究路数，避免以政治-文化等理论框架来解释文学"转折"的认知模式，就作家个体于1940年代的文学观念与美学风格的复杂面貌寻找其1950年代转变的内在依据，如段美乔[⑥]等。亦有学者就文学生产方式及文学制度的变革寻找1949年以来整体文艺转变的外在依据，如王本朝[⑦]、张均[⑧]等。在上述研究框架下，港台地区的文艺版图往往难以纳入其中。

有学者将香港从1945年8月15日至1949年底命名为"国共内战时期"文学，并着眼于"内战在文学上的配合和反应"的研究。而国共内战时期的香港文坛，作为"中原文坛的延伸"，被置于20世纪中国文学发展的脉络中，与内地的文学合并考察和处理，比如，郑树森、黄继持、卢玮銮[⑨]。1949年以后，另一批不同文学主张的内地人士南下香港，取代了北返的左翼文人。郑树森认为，1949年前"在"香港的文学在性质（文体性质和社会性质）上更靠近"社会主义"的"当代文学"，而1950年代以后香港作为"'唯一'的公共空间"，其较为多元的文学格局则更贴近内地的"现代文学"。[⑩]香港学者大多强调1950年代香港的相对"开放"与

---

① 洪子诚：《中国当代文学史》，北京大学出版社，1999，第3页。
② 钱理群：《1948：天地玄黄》，山东教育出版社，1998。
③ 贺桂梅：《问题意识和历史视野》，《南方文坛》2004年第4期，第11~13页；另参见贺桂梅《转折的时代：40~50年代作家研究》，山东教育出版社，2003。
④ 程光炜：《文化的转轨："鲁郭茅巴老曹"在中国（1949~1976）》，光明日报出版社，2004。
⑤ 郭建玲：《1945~1949年中国现代文学格局转型研究》，博士学位论文，华东师范大学，2007。
⑥ 段美乔：《论40年代的李瑛》，《中国现代文学研究丛刊》2008年第4期，第25~36页。
⑦ 王本朝：《中国当代文学制度研究》，新星出版社，2007。
⑧ 张均：《中国当代文学制度研究（1949~1976）》，北京大学出版社，2011。
⑨ 郑树森、黄继持、卢玮銮编《国共内战时期香港文学资料选：一九四五——一九四九年》，香港，天地图书公司，1999，第3~4页。
⑩ 郑树森：《香港在海峡两岸间的文化角色》，《素叶文学》第64期，1998年11月，第14页。

"国际化"。也有论者指出,1950年代的香港成为东西方冷战与国共内战的"中介点";同时美国投放大量资源支持文艺及出版事业,成为右翼文化的"转口港"。郑树森认为,1950年代的香港文学创作看似自由,但实则在"自生自灭"中薪火相传。①

上述学者多关注发生在本地的文人活动,缺乏三地文化互动的广阔视野,难以将对方实质性地、对话性地纳入彼此的研究体系中。在部分中国大陆文学史中,港台文学往往依据时间线索附录于大陆文学篇章之后,或被置于书末,呈现出一种看似全面实则简单的拼盘式或板块组合式的研究范式。香港文坛即使被纳入研究视野,也多仅仅充当"言论空间"或"中转站"的角色。而针对大陆部分台港文学史的写作现象,港台学者也因各自的身份认同与文化政治诉求等因素,发出批评之声。比如,此类香港文学史多倾向以政治话语主导的历史情结构筑文学史叙述;在文学评判上,偏向于以现实主义为基准等。有大陆学者亦就中国新诗史中如何处理大陆和台湾诗歌现象本身做出反思。比如,洪子诚认为,是否将两地新诗囊括于一本书并不十分紧要,而有意义的是"让有关联而又互异的因素产生比较和碰撞,能否对新诗的研究有实质性推进,是否会激发诗歌实践的能量。"他强调将两地诗歌设定为对照对象的同时,深入研究实为揭发同中之异。② 1950年代冷战格局下,在不同文艺场域与文学实践所形成的结构性关系中,这种关联性与碰撞性表现得尤为明晰。

同样,港台学者本土文学史的撰述亦未能豁免简单化、政治化地处理文学经验与问题的弊端。比如,应凤凰认为,关于1950年代的香港文学史与台湾文学史,不论是本地还是大陆撰史者,其叙述方式都大抵相同,即"以政治或社会背景"概观该时期的文学,认定其时文坛与文学成果的政治性大于文学性。③ 其中,关于1950年代台湾文学的书写,无论是国民党的文学史、台湾本土派之文学史,还是大陆之文学史,均认为其时"反共文

---

① 郑树森:《纵目传声:郑树森自选集》,香港,天地图书公司,2004,第269~278页。
② 洪子诚:《新诗史中的"两岸"》,《文艺争鸣》2015年第1期,第117页。
③ 应凤凰:《香港文学生产场域与1950年代文学史叙述》,陈平原、陈国球、王德威 编《香港:都市想象与文化记忆》,北京大学出版社,2015,第344页。

学"艺术性低,甚至无艺术价值可言;文学形式僵化或公式化,同质性太高且沦为政治附庸。应凤凰指出,台湾与大陆文学史均侧重于作品生产而忽略消费接受的研究视角。若从作品接受史的角度论述,可避免以意识形态对付意识形态的既有的文学史书写方式。她认为,1950年代的台湾文学史在文学类型与题材上较为多元,其时大陆迁台文学以及1950年代后期出现的西化论述与留学生文学,都充分反映了台湾文学作品中"放逐与流亡"这一永恒的主题。[1] 不同于"后殖民主义"视角的台湾研究范式,应凤凰的研究面向1950年代台湾文学的复杂经验,如女性意识、移民特性和人性关怀等。[2]

综上所述,既有文学研究者多聚焦于各自所属的地理空间,并囿于地缘政治或意识形态,未能在世界文化冷战格局下对1945年至1960年代三地的文艺"交接处"做深入考察,也缺乏对不同文化阵营的文艺竞争与冲突作整体性分析。在此现状下,引入冷战文化的研究框架,将有助于克服文学史研究的种种偏向——或局限于该时期单一地域而忽略区域间文学关系,或借用"后殖民主义"、"想象的共同体"等理论而纠缠于当下"国族"论述与本土身份认同等文化政治议题。由此,冷战时期本地文学与周边文学、文化构型与政治介入、文艺政策与文学实践、区域文艺场域与中国文学传统等多重互动的历史面目或可逐层呈现出来。

就国际冷战史而言,美国冷战时期在世界范围内的"文化外交",研究成果斐然。但这些成果主要集中在美国对苏联、欧洲国家以及日本的公共外交。[3]

---

[1] 应凤凰:《五〇年代台湾文学论集:战后第一个十年的台湾文学生态》,高雄,春晖出版社,2007,第56、58、140页。

[2] 关于1945年至1950年代台湾文学史的研究,有部分学者对于这一历史过程的研究有着较为明确的政治指向与理论预设。也有部分学者将此时台湾的文化场域置于国共内战及冷战中考察,对当时的文化环境、文学生态、文学思潮等进行了粗线条的勾勒。可参阅以下文献:〔日〕藤井省三《台湾文学这一百年》,张季琳译,台北,麦田出版社,2004。黄英哲《"去日本化""再中国化":战后台湾文化重建1945—1947》,台北,麦田出版社,2007。徐秀慧《战后初期(1945—1949)台湾的文化场域与文学思潮》,台北,稻乡出版社,2007。应凤凰《五〇年代台湾文学论集:战后第一个十年的台湾文学生态》,2007。

[3] Walter L. Hixson, *Parting the Curtain: Propaganda, Culture, and the Cold War, 1945 - 1961*, New York: Palgrave Macmillan, 1997; Greg Barnhisel and Catherine Turner, eds., *Pressing the Fight: Print, Propaganda, and the Cold War*, Amherst and Boston: University of Massachusetts Press, 2010.

余 论

在已有的文献中，香港与台湾地区往往只被作为美国冷战时期在亚太地区文化战略与公共外交的一个组成分子而被简单提及，如针对中国大陆的"自由亚洲广播"（1951～1953）以及"美国之音"（VOA）等。① Nancy Bernkopf Tucker 的专著主要处理美国与中国台湾和香港地区在 1945 年至 1992 年期间的经济、政治与军事关系，其中有一章就美国对台文化与教育交流做了简单介绍，但较少讨论美国在香港的文化活动。② 另外，华裔美国历史学家如陈兼、张曙光、翟强、夏亚峰等，多集中探索冷战时期经济、政治、军事、外交等层面的中美关系。

在冷战与"文化外交"方面，美国学界已关注到美国媒体、文学与美国对亚洲的外交政策之间的关系。但这种关注往往侧重检讨美国国内问题，比如，亚裔群体、种族问题、移民与融合等问题。Christina Klein 认为，1945 年到 1961 年，美国文学与媒体中出现的关于"亚洲的想象""美国与亚洲一体化"等概念，与美国对亚洲的扩张政策有关。而美国作为"全球势力"的国家身份建构中，"美国与亚洲一体化"的概念，也为美国亚裔融入美国主流社会提供了机缘。但也有研究者质疑华裔美国人是否在冷战时期的"美国与亚洲一体化"宣传中获得社会资本和文化资本。Ellen D. Wu 认为，美国国务院在 1950 年代的"文化外交"活动中，利用华裔美国作家等返回香港等亚洲之地做宣传。而宣传中对他们作为美国少数族裔与海外华人双重身份的强调，反而使得他们重新被塑造为非白人的、不可消除的外来身份。③ 近年来亚洲内部的文化冷战已开始获得学界关注。*The Cold War in Asia*: *The Battle for Hearts and Minds*（2010）讨论了中国对印度尼西亚的"文化外交"，毛泽东思想在墨西哥与瑞典的全球化传播，以及

---

① Nicholas J. Cull, *The Cold War and the United States Information Agency*: *American Propaganda and Public Diplomacy*, 1945 – 1989, New York: Cambridge University Press, 2008, pp. 59, 123.
② Nancy Bernkopf Tucker, *Taiwan*, *Hong Kong*, *and the United States*, 1945 – 1992: *Uncertain Friendships*, New York: Twayne Publisher, 1994, pp. 79 – 93.
③ Ellen D. Wu, "'America's Chinese': Anti – Communism, Citizenship, and Cultural Diplomacy During the Cold War," *Pacific Historical Review* 77. 3 (2008): 391 – 422.

1950年代中国与缅甸的宣传战等课题。① 其中，Hong Liu 讨论了中国在 1945~1965 年如何宣传自己的成就，并通过文学等媒介来推进其外交政策，影响当地作家。对于部分印度尼西亚作家来说，新中国文学为其反省"国族"文学与文化政治之关系提供了一个典范。②

在冷战与中国文学/文化研究方面，美国学者主要关注中国大陆、台湾和香港对于各自政治运动与国际冷战在文学/文化层面做出的配合与反应，分析文学之于当地政治文化进程之意义。首先，此类研究课题包括该时期文学与中国"现代性"追求、"国族"身份的建构之关系。比如，王德威试图以"伤痕类型学"的方法描述20世纪中期中国区域分隔之于文学的影响。他认为，1949年前作家运用"伤痕"构成一种隐喻，书写国家在追求"现代性"过程中的创伤遭遇。而1950年代台湾与大陆两大冷战阵营均以"伤痕"书写国家分隔，"铺陈一个深受伤害的表意系统"。王德威关注两大作家阵营嫁接虚构叙述与国家历史的修辞方式，将两类文学所负载的政治伤痕上溯至晚清及五四文学的"革命诗学"，并"下放"至新时期的伤痕文学。③ 延续这一研究思路，2013年王晓珏的专著讨论了20世纪四五十年代冷战时期三地文学领域中具有多重意义与多种诉求的中国"现代性"的构型。她选取了该时期三地5位知名作家作个案研究，分析跨语言、跨意识形态、跨类型边界的多元"现代性"之相互作用。她认为这种跨越1949年分期、具有冷战面孔的中国"现代性"，应更多视为是从对现代中国想象的竞争的、未定的多种方式中发散出来的，而如此性质的

---

① Yangwen Zheng, Hong Liu, and Michael Szonyi, eds., *The Cold War in Asia: The Battle for Hearts and Minds*, Leiden: Brill, 2010.
② Hong Liu, "The Historicity of China's Soft Power: The PRC and the Cultural Politics of Indonesia, 1945-1965," in *The Cold War in Asia: The Battle for Hearts and Mind*, pp. 147-184.
③ 王德威：《一九四九：伤痕书写与国家文学》，香港三联书店，2008，第8、9、71、72页。相关研究亦可参见 David Der-wei Wang, "Reinventing National History: Communist and Anti-Communist Fiction of the Mid-Twentieth Century," in *Chinese Literature in the Second Half of a Modern Century: A Critical Survey*, edited by Pang-Yuan Chi and David Der-wei Wang, Bloomington: Indiana University Press, 2000, pp. 39-64.

余 论

中国"现代性"在后冷战时代三地有时亦会再次浮现。[①]

其次,还有学者考察冷战期间中国文学、电影如何参与了新中国与其他国家的文化交流。Nicolai Volland 讨论 1950 年代早期中国文学在东欧的翻译与苏联文学在中国的翻译。他认为,这种通过文学翻译等方式进行的社会主义阵营内的文化交流,为中国在第三世界的文化联络与其自身"国族"身份建构提供了基础。[②] 而他的另一篇文章探讨 1950 年代前期苏联科幻小说在中国的翻译与传播,并指出其功能在于建构了一种植根于文化消费的社会主义领域内的跨国共同体。[③] Volland 的专著 *Socialist Cosmopolitanism*：*The Chinese Literary Universe*,1945 – 1965 将 1950 年代的中国文学作为"在世界、世界的、为世界的文学",予以讨论。[④] Tina Mai Chen 讨论了 1950 年代中国大陆电影在全球的传播及其与中国全球形象和"国族"建构工程之关系。[⑤]

最后,亦有诸多学者开始关注冷战与香港电影之关系。[⑥] 傅葆石分析了香港邵氏兄弟电影公司在 1960 年代至 1980 年代如何通过全球化的电影发行网络,使得其影片成为战后分布于世界各地的海外华人关于文化中国的想象家园与最为流行的娱乐方式,将其联系为一个文化共同体并奠定了其文化视野与审美趣味。[⑦]

1950 年代前后,就世界格局而言,是紧张时刻。而香港因其特殊的地理位置和国际地位,成为东西方文化冷战与国共两党文化斗争的前线阵

[①] Xiaojue Wang, *Modernity with a Cold War Face*：*Reimagining the Nation in Chinese Literature across the 1949 Divide*, Cambridge：Harvard University Asia Center, 2013, p. 19.

[②] Nicolai Volland, "Translating the Socialist State：Cultural Exchange, National Identity, and the Socialist World in the Early PRC," *Twentieth – Century China* 33. 2 (2008)：51 – 72.

[③] Nicolai Volland, "Soviet Spaceships In Socialist China：Reading Soviet Popular Literature in the 1950s," *Modern China Studies* 22. 1 (2015)：191 – 213.

[④] Nicolai Volland, *Socialist Cosmopolitanism*：*The Chinese Literary Universe*, 1945 – 1965, New York：Columbia University Press, 2017.

[⑤] Tina Mai Chen, "International Film Circuits and Global Imaginaries in the People's Republic of China, 1949 – 1957," *Journal of Chinese Cinemas* 3. 2 (2009)：149 – 161.

[⑥] 相关成果可参见黄爱玲、李培德编《冷战与香港电影》,香港电影资料馆,2009。

[⑦] 傅葆石：《在香港建构"中国"：邵氏电影的大中华视野》,刘辉译,《当代电影》2006 年第 4 期,第 64 ~ 70 页。

地。出于不同的政治诉求，国共两党各自在香港开设并资助文艺报刊、电影机构，展开角力。比如，左派文艺报刊有《大公报》与《文汇报》的副刊、《青年乐园》等；左派电影机构有凤凰、长城、新联、南方公司等。1949年南方影业有限公司（Southern Film Corporation，简称"南方公司"）在香港商业登记处注册。南方公司开创者多为南来的左派电影人，在港发行内地与苏联电影。卢伟力指出，1950年代末到1960年代初，南方公司的工作并不单是意识形态输出，而是作为一个窗口，通过电影这一媒介向海外阐明中国内地的社会面貌、文化政策、美学观念及其对待传统的态度。卢认为，南方公司的文化实践展现了中国内地电影在香港，一方面充当宣传新中国爱国主义的意识形态工具；另一方面又是香港居民构建中国人文化身份认同的重要手段。卢伟力指出20世纪五六十年代中国内地戏剧片吸引大批香港观众之处在于，他们需要在中国电影中肯定自己的文化传统；纪录片的卖座也是因其反映新中国成就与生命力。卢伟力认为，该时期内地电影在香港的接受，首先是文化取向，然后才是意识形态。[1] 梁秉钧以1950年代香港电影《珠江泪》与《半下流社会》为例，讨论左右两派小说家与电影工作者如何凭借香港建构其身份认同与理想空间。他强调两者在表面意识形态差异之下的相同之处，指出冷战格局下在文艺领域内美学与政治间的复杂关系。[2]

虽然内地学界没有系统探讨1950年代左右对抗与中西对峙下香港文学中的冷战因素，但在具体课题上亦有建树。比如，袁良骏的《阮郎小说论》（2005），赵稀方的《五十年代美元文化与香港小说》（2006），黄万华的《潜性互动：五十年代后大陆、台湾、香港、海外华文文学的关系》（2001）、《左右翼政治对峙中的战后香港文学"主体性"建设》（2007），王晋民的《香港"绿背文化"思潮评介》（1998），张燕的《在夹缝中求生存：香港左派电影研究》（2010），计红芳的《跨界书写——香港南来作

---

[1] 卢伟力：《电影发行作为文化实践——说南方垦光拓影》，许敦乐等著《垦光拓影》，香港，简亦乐出版社，2005，第201~202页。
[2] 梁秉钧：《电影空间的政治——两出50年代香港电影中的理想空间》，《政大中文学报》2008年第9期，第55~68页。

余 论

家的身份建构》(2009) 等,均对 1950 年代、1960 年代港台文艺的某一侧面做出了重要研究。

美国政府在香港、台湾地区设立了官方机构美国新闻处 (United States Information Service,简称"美新处") 及基金会组织如亚洲基金会 (The Asia Foundation) 等,投放大量财力与人力支持两地的文化事业,意在左右其战后文化重建与舆论导向。"美援文化",又称"美元文化",即是代表。在台湾地区,它是指冷战期间"受到美国经济直接或间接援助而发展或引入台湾的文化生产、文学作品与文化现象"。美援文化在香港与台湾两地均有发展,且不局限于文学领域。王梅香将越战时期的台湾酒吧文化、1960 年代青年反叛文化与留学风等,均视为其组成部分。[①] 美国政府试图以对外文化宣传为手段,推行精神心理之战以对抗中国大陆宣传以及其对海外华人之文化影响力。其中,文学、电影、报刊为其所采用的主要文化媒介;20 世纪中期由大陆迁往台湾及香港的部分文人亦参与于此。

正如赵绮娜所言,1951 年至 1970 年,美国几乎垄断了海外文化输入台湾的管道。一方面,近年来台湾学者批评美援文化对台输出为新殖民主义的表现,关注美援文化与台湾现代主义文学的关系、美援文化与台湾省籍问题等研究课题。有台湾学者认为,在台湾传播的现代主义思潮是戒严时期亲美文化下的舶来品,台湾现代主义文学是新殖民主义的延伸;但从后殖民主义的角度看,现代主义技巧被台湾作家使用后,不再专属帝国文化的权力而是转化为台湾的文学资产。

还有台湾学者提出"美援文艺体制"这一概念来指称美新处在美国(西方)世界观与美学观上对台湾文学发展之导向作用,并在 1950 年代、1960 年代掀起以"纯粹美学"与"非政治性"为审美原则的现代主义文学潮流。"美援文艺体制"概念是对国民党"国家文艺体制"框架的补充,强调两者皆以政治权力介入台湾文学发展,具有文化霸权的体制意味。王梅香指出,从 1950 年代中期到 1960 年代,台湾现代主义文学在英美现代主义影响下逐渐占据了台湾文学的主流地位。她将这种文学现象的产生归

---

① 王梅香:《美元文化》,http://nrch.culture.tw/twpedia.aspx?id=2233

答于美新处在台港两地的"文化外交"。她还探讨了美援文化下,台湾现代主义文学与台北文化中心地位及现代主义文艺品位之建构间的关系。[1] 王梅香的研究立足于后殖民主义的立场,试图反思并解构以外省作家所代表的大陆文化与以美援文化所代表的美国文化对于台湾战后文化构型的双重影响。徐筱薇[2]、包雅文[3]等的研究从1950年代台湾现代派文艺刊物如《文学杂志》《现代文学》等入手。吴佳馨则聚焦于1950年代台港两地的南来文人,围绕现代主义文学刊物及美援刊物的交流模式分别探讨。吴佳馨,一方面以林以亮、夏济安为个案,讨论两者的旧友关系对两地文坛之交流所产生的作用及效果;另一方面则以频繁往返于两地的叶维廉为个案,讨论香港之于文艺交流的中介作用。吴佳馨认为,香港现代主义文艺刊物《文艺新潮》与台湾现代派诗刊《现代诗》的合作与交流,为两地文人提供共同的文学发表空间,构筑台港文人共通的文艺平台。[4]

所谓"美援文艺体制"的概念,并非空穴来风。笔者认为,其理论资源或可追溯到两点。一方面,"美援文艺体制"是对"美元(援)文化"这一历史概念的抽象化结果。据卢玮銮的考证,最早在报刊上提到"美元(援)文化"一词的是政论家尚方。尚方在刊于1956年1月12日《香港时报》的《说美元与美援文化》中指出,"所谓'美元文化'是指美国朋友直接发行的刊物",印刷精美售价低廉,等于赠送;"所谓'美援文化',是指一些得到美金援助的出版物"。后来的研究者往往将"美元(援)文化"作为贬义词与"反共文学"等同,用来指称1950年代、1960年代的香港文学。但卢玮銮认为,应厘清美元文化的实际影响,视美援刊物所刊作品内容,对1950年代香港文学形态作出判断。[5] 由"美援文艺体制"概

---

[1] 王梅香:《肃杀岁月的美丽/美力?战后美援文化与五、六〇年代反共文学、现代主义思潮发展之关系》,硕士学位论文,台南,成功大学,2005,第103~130、185~188页。

[2] 徐筱薇:《战后台湾现代主义思潮之出发——以〈自由中国〉、〈文学杂志〉为分析场域》,硕士学位论文,台南,成功大学,2004。

[3] 包雅文:《战后台湾意识流小说的理论与实践——以〈文学杂志〉及〈现代文学〉为例》,硕士学位论文,台南,成功大学,2012。

[4] 吴佳馨:《1950年代台港现代文学系统关系之研究:以林以亮、夏济安、叶维廉为例》,硕士学位论文,新竹,台湾清华大学,2008。

[5] 卢玮銮:《香港文学研究的几个问题》,《香港文学》总第48期,1988年10月,第11页。

念延展出的话题包括：美援文艺报刊在台港两地的跨区域交流及运作，台湾美新处的文艺运作与国民党的文艺统治的关系，台湾美新处与香港美新处在出版项目上的合作等。

另一方面，"美援文艺体制"对应的是1951年至1965年，美国对台湾地区提供的军事与经济援助这一历史现实。据 Min – Hua Chiang 的研究，尽管美国对台湾地区的经济援助起始于1948年，但最持久且最充裕的对台经援发生于1951年朝鲜战争爆发以后至1965年之间。在此期间，美国提供了大约25亿美元的军事援助，14.82亿美元的经济援助。即使军事援助的金额高于经济援助，但大量的军援是以经济援助的形式开展的。从1953年至1965年，台湾地区的 GDP 增长年均为7.8%，人均收入增长为4.4%，农业生产增长为6.1%，工业生产增长为12.9%。虽然美国对台的经济援助在1965年终止，但美国对台农产品的供给持续到1970年代，美国对台军事援助持续到1973年。[1] 笔者以为，美援文艺体制是美国战后对台湾地区政策在文化面向上的体现；它是与其时美国对台湾地区军事、经济援助共生的历史存在。但美援文化在香港，则应另当别论。由于香港作为冷战前锋的地缘政治与香港政府文化制衡的统治策略，"美援文艺体制"之于1950年代至1970年代香港文化形态的解释力度与范围还需考虑不同政治文化力量的角逐与妥协。此外，香港现代主义的审美原则亦难以概括为"非政治性"，无论是文艺新潮社还是香港现代文学美术协会。

冷战文化的框架较之美援文化体制框架，或可避免过于纠缠于文学报刊、图书出版背后赞助者美新处等的政治动机；或可更贴近文学与政治及经济更为纷繁复杂的历史面目；抑或可将内地与香港及台湾等相同时代、不同区域的文化形态置于同一理论界面予以观照、讨论。一方面，美国政府机构与非政府组织对当地报刊出版业、电影公司提供了经济支持，为当地文艺青年的培养提供了平台、渠道。比如，蓬草（原名冯淑燕）小时候就读于英文书院，但仍然对中文书有兴趣。她之所以喜爱阅读中文，一个

---

[1] Min – Hua Chiang, "The U. S. Aid and Taiwan's Post – War Economic Development, 1951 – 1965," *African and Asian Studies* 13.1 – 2 (2014): 107 – 108.

重要因素是《中国学生周报》。她很小就看这份杂志，该刊有一两版刊登初学写作者的稿件。蓬草试着投稿竟被录用，因此继续写作；而编辑吴平也给予了初学写作者很大鼓励。①《中国学生周报》尽管有美援背景（由亚洲基金会资助），但在在相当长的一段时间内成为一份非常畅销且长销的学生刊物，在港台两地吸引、培养了大量文学青年。据卢因回忆，《星岛日报》胡辉光主编的《学生园地》与《中国学生周报》都是培养香港本地作家的摇篮，促使当时校园文风盛行。其结果之一就是推动了1960年代香港文社运动的兴盛。②

另一方面，港台文学各自与国际的冷战格局、本地的政治统治、美国的文宣工作之间构成错综复杂的关系。其时各种政治权力关系对于港台两地文艺的建构、交流与合作等方面产生的作用，对于美国文艺作品在两地的翻译与传播，以及对于港台不同类型文艺创作（不限于现代主义）发展的作用等，都是值得细致梳理、反思的课题。冷战早期，吴兴华诗作的漂流或可为我们管窥其时政治与美学关系之复杂性提供一个样本。1949年后吴兴华留居中国内地，而其同学林以亮赴港，并藏有其部分诗稿。1950年代林以亮将吴兴华十多年前创作的诗稿以"梁文星"为笔名，分别发表于香港的《人人文学》与台湾的《文学杂志》。除了编辑以外，无人知晓梁文星乃吴兴华，而吴兴华本人亦对此一无所知。据杨宗翰统计，1950年代《文学杂志》诗歌部分，以作者刊登作品数量排序，分别为余光中、夏菁、梁文星。③ 可见其作品发表之多，影响之广。《人人文学》1952年5月20日创刊，由黄思骋主编，人人出版社发行。而人人出版社主要出版美新处资助的作品及部分独立作品。④《文学杂志》1956年9月创刊，1960年8月停刊，由夏济安、刘守宜、吴鲁芹三人共同创办。这两本刊物及其主持

---

① 蓬草、卢玮銮：《"与蓬草对话"对谈抄本》，《香港文学》总第311期，2010年11月，第12、13页。
② 陈丽芬、卢因：《历史与见证：我是这样走过来的——与推动发扬加华文学的推手谈文说艺暨心路历程》，《香港文学》总第321期，2011年9月，第18页。
③ 杨宗翰：《〈文学杂志〉与台湾现代诗史》，《台湾文学学报》2001年第2期，第166、171页。
④ The Publishing Business in Hong Kong, RG 84, Entry UD 2689, Container 3, Folder: Publication Hong Kong.

余 论

者都与美新处有关联,但刊物政治色彩不强,且在扶植本地文学青年与勾连两地文艺场域等方面产生深远影响。当三地作家的作品通过文人迁移与作品传播等方式在不同时空中对接的那一刹那,彼此或对立,或勾连,或同步,或错置。在这种关系中,他们逐渐建构起自身的文化主体性,并参与了战后当地文学景观与文化想象的构建。

由上可见,在冷战文化视野下重新审视20世纪中期的中国文学,很多或被遮蔽或被忽略的课题开始进入我们的研究范围。比如,1945年至1960年代发生于中国大陆、台湾与香港间的文人空间流转、作品流布与中国现代文学传统之流衍,冷战政治与文艺生产、流通及接受的关系等,都是值得深入考察的课题。相关议题包括台湾文学空间由日据文学向中国文学的转变,香港文学空间由左翼文学主导向右翼文化"转口港"及东西冷战的"中介点"的转变;内地文学空间则由现代文学向社会主义文学的转变。我们要追问的是三地文人如何参与了当地文艺转型进而推动文艺场域间的互动与竞争,以及如何被形塑又如何形塑了世界格局下的冷战文化。这类文人包括不同流派、不同地域、不同文化身份的文人(新文学作家/旧文人/通俗作家等),如胡适、张爱玲、徐訏、曹聚仁、覃子豪、陈蝶衣、姚克、叶灵凤、李辉英、纪弦、易文(杨彦歧)、马朗、力匡、杨际光、叶维廉、赵滋蕃、夏济安、夏志清、余光中、林以亮、梁实秋、刘以鬯、罗斌、桑简流、金庸、梁羽生等。深入考察驱使其空间流转的诸多因素,如信仰信念、文化认同、利益考量、经济动力等,都是该课题的应有之义。同时,研究者还可追问谁有文化/政治资本实现迁移?这种空间去留又如何被赋予了政治或文化资本,并在其日后文艺活动中发挥作用?

战后中国部分文人因各种因素流离辗转,在港台及海外落地生根;文学世界里的空间再现,也是各有各的时代意识,各有各的中华文化复兴梦。大陆流动的文人,一边书写故乡空间改造的切身体验,一边再造对香港、台湾地区及美国等"他者"空间的想象,进而建构起新中国的国家身份与文化认同,比如,第三章"反特片"的空间再造与第二章沈从文的风景书写。"时间"表现在内地作品中常常以"时间开始了"之类具有"时代感"的表达方式出现;在香港文艺作品中,亦有奋起的时代抱负和历史承担感。只是两地作品所指时间意识，有所不同。1950年代、1960年代香港的现代主义文学运动，从文艺新潮社到香港现代文学美术协会，即使有审美纯境追求者，但他们也心怀家国与香港处境，肩负中华文化复兴的理想，关切人类前途走向。文艺新潮社同人如马朗、杨际光、李维陵等灌注时代精神于现代主义文学追求中，引领香港现代主义运动。文艺新潮社同人如王无邪、昆南、叶维廉在《文艺新潮》停刊后同友人创立香港现代文学美术协会，创办《好望角》半月刊，推动香港现代主义之继续发展，以及海外中华文化再造运动与殖民地严肃文学之建设。1959年创立现代文学美术协会时，他们就宣言自己身处中华民族流离与文化思想分歧的多难时代，要正视时代，共同创造中国文化思想的新生。其"文化中国"的想象与抱负，由此可见一斑。

　　1945年至1960年间，大陆、台湾及香港等地生成了各自的政治、社会与文化形成物；它们通过交叉、并置的"网状性的空间结构"，体现了相互性与共时性的关系。在文化这一层面，部分文人的迁移如何推动了当地文艺场域的建构，历史进程中各自文艺场域如何构成互动与竞争关系，都值得一一细致辨析。此类议题包括文艺生产方式与评价机制的变革、印刷出版与电影制作的审查、新的文学范式及观念的建构。文学中地理空间如何被赋予政治意味，作家对于空间的编排如何成为冷战阵营在意识形态方面对峙的文学表征；文学的诗艺/忆相随如何在政治版图之外构成文学上的新版图；这些迁移文人如何在乡愁情怀与创伤体验、文化融合与文化区隔、殖民主义与民族主义、政治体制框架与个体写作策略之间考量取舍。这些冷战框架下文学的交集地带有待更为系统、深入地探究。香港的文艺场域呈现出多重面向，它既有受到美国援助的文艺事业，也有受到内地支持的左翼文艺与受台湾支持的右翼文艺，还有"自生自灭"的本地文艺。而所谓左翼与右翼在香港又并非截然对垒。有大量作家与电影工作者游离、穿梭于两大阵营之间，或为稻粱谋，或为人情谋。其时香港文坛还有注重都市心理与叙述形式且熟谙香港现实者（如易文等）；也有描写内地人战后在香港流离失所而挣扎于生死线上者（如赵滋蕃等）；还有充满感伤情绪、夹杂政治因素的怀乡书写（如徐訏等）。这些作家的作品往往

余 论

又为美新处的图书出版项目和受亚洲基金会支持的亚洲影业有限公司（Asia Pictures Limited）的电影提供文学资源。此外，徐訏、万方、易文、马朗、张爱玲、刘以鬯、李维陵、胡金铨、邹文怀等人都曾与美新处发生过关联。

总之，引入冷战文化的框架，或以文人的空间流转及其作品的传播流布为线索，或以同一时期不同区域小至文艺专题、大至文艺生态作对照，我们可以对冷战时期文艺流变作整体把握之尝试。它试图将文学史的书写从既有的政治－文化等理论的简单捆绑中拆解下来，探寻一个既不被"拼盘"文学史简化处理，也不被当下流行的"国族"意识或激进的民族主义单向度整合的文学史撰写框架。一方面，可更为历史化地透视各种政治力量在台港文艺场域建构过程中的深度参与及其长久影响；另一方面，也将战后文艺走向与文人流转置于更为广阔的国际冷战格局下进行理解与反思。

参考文献

一 档案

1. 上档 A22、A77、B3、B170、B172、B177、C26，藏于上海市档案馆。

2. RG84，馆藏于美国国家档案馆（the US National Archives at College Park）。

二 中文著作、学位论文、报刊及论文

（一）中文著作与学位论文

包雅文：《战后台湾意识流小说的理论与实践——以〈文学杂志〉及〈现代文学〉为例》，硕士学位论文，台南，成功大学，2012。

卞之琳：《雕虫纪历（1930-1958）》，人民文学出版社，1979。

卞之琳：《卞之琳文集》上卷，安徽教育出版社，2002。

蔡仪：《新艺术论》，商务印书馆，1947年版影印本，《民国丛书》第4编，上海书店，1992。

陈芳明：《后殖民台湾：文学史论及其周边》，台北，麦田出版社，2007。

陈荒煤等：《赵树理研究文集》（上、下），中国文联出版公司，1996。

陈建华：《革命与形式：茅盾早期小说的现代性展开，1927～1930》，复旦大学出版社，2007。

陈建忠：《被诅咒的文学：战后初期台湾文学论集（1945～1949）》，

台北，五南图书出版股份有限公司，2007。

陈平原、陈国球、王德威编《香港：都市想象与文化记忆》，北京大学出版社，2015。

程光炜：《文化的转轨："鲁郭茅巴老曹"在中国：1949～1976》，光明日报出版社，2004。

段宝林：《中国民间文学概要》，北京大学出版社，2009。

郭建玲：《1945～1949年中国现代文学格局转型研究》，博士学位论文，华东师范大学，2007。

贺桂梅：《转折的时代：40～50年代作家研究》，山东教育出版社，2003。

何其芳：《何其芳全集》第1卷，河北人民出版社，2000。

黑婴：《黑婴文选》，世界图书出版公司广东有限公司，2013。

洪子诚：《中国当代文学史》，北京大学出版社，1999。

洪子诚编《二十世纪中国小说理论资料》第5卷，北京大学出版社，1997。

洪子诚、孟繁华主编《当代文学关键词》，广西师范大学出版社，2001。

侯桂新：《从香港想象中国——香港南来作家研究（1937～1949）》，博士学位论文，香港，岭南大学，2009。

湖北政法史志编纂委员会编《武汉国共联合政府法制文献选编》，农村读物出版社，1987。

华东政法学院国家与法的历史教研组编《中国国家与法的历史参考资料 第三分册》（仅供内部参考），1956。

黄继持、卢玮銮、郑树森：《追迹香港文学》，香港，牛津大学出版社，1998。

黄英哲：《"去日本化""再中国化"：战后台湾文化重建（1945～19470》，台北，麦田出版社，2007。

柯灵：《腐蚀与海誓》，上海出版社，1951。

柯灵：《长相思》，上海文艺出版社，1982。

李欧梵：《上海摩登——一种新都市文化在中国 1930—1945》，毛尖译，北京大学出版社，2001。

刘燡、曾少编《民国法规集刊》（第一集），民智书局，1929。

罗孚：《北京十年》，中央编译出版社，2011。

毛泽东：《毛泽东选集》第三卷，人民出版社，1967。

毛泽东：《建国以来毛泽东文稿》第二册，中央文献出版社，1988。

茅盾：《腐蚀》，人民文学出版社，1954 年第 1 版，1997 年第 2 次印刷。

钱理群：《1948：天地玄黄》，山东教育出版社，1998。

钱理群编《二十世纪中国小说理论资料》第 4 卷，北京大学出版社，1997。

人民出版社编辑部编《中华人民共和国惩治反革命条例》，人民出版社，1951。

《人民日报》编辑部编《关于胡风反革命集团的材料》，人民出版社，1955。

藤井省三：《台湾文学这一百年》，台北，麦田出版社，2004。

柔石：《二月》，上海书店出版社，1929。

社会科学院文学研究所当代文学研究室编《散文特写选（1949～1979）》，人民文学出版社，1980。

沈从文：《沈从文全集》第 10、12、17、18、19、27 卷，北岳文艺出版社，2002。

王本朝：《中国当代文学制度研究》，新星出版社，2007。

王德威：《一九四九：伤痕书写与国家文学》，香港三联书店，2008。

王梅香：《肃杀岁月的美丽/美力？战后美援文化与五、六〇年代反共文学、现代主义思潮发展之关系》，硕士学位论文，台南，成功大学，2005。

王培英主编《中国宪法文献通编》，中国民主法制出版社，2004。

王小明编《谢铁骊谈电影艺术》，重庆大学出版社，1999。

王晓明、蔡翔主编《热风学术》第三辑，上海人民出版社，2009。

王亚平辑《论大众文艺》，天下图书公司，1950。

《文艺报》编辑部编《美学问题讨论集》第二集，作家出版社，1957。

吴迪编《中国电影研究资料：1949~1979》上卷，文化艺术出版社，2006。

吴福辉编《二十世纪中国小说理论资料》第3卷，北京大学出版社，1997。

吴佳馨：《1950年代台港现代文学系统关系之研究：以林以亮、夏济安、叶维廉为例》，硕士学位论文，新竹，台湾清华大学，2008。

吴世勇编《沈从文年谱（1902~1988）》，天津人民出版社，2006。

伍蠡甫主编《山水与美学》，上海文艺出版社，1985。

徐筱薇：《战后台湾现代主义思潮之出发——以〈自由中国〉、〈文学杂志〉为分析场域》，硕士学位论文，台南，成功大学，2004。

徐秀慧：《战后初期（1945~1949）台湾的文化场域与文学思潮》，台北，稻乡出版社，2007。

许觉民：《雨天的谈话》，湖南教育出版社，2007。

严家炎编《二十世纪中国小说理论资料》第2卷，北京大学出版社，1997。

严文井主编《建国十年文学创作选 散文特写》，中国青年出版社，1959。

叶浅予：《叶浅予自传：—细叙沧桑记流年》，中国社会科学出版社，2006。

应凤凰：《五〇年代台湾文学论集：战后第一个十年的台湾文学生态》，高雄，春晖出版社，2007。

俞洁：《"十七年"中国反特电影的类型研究（1949~1966）》，博士学位论文，浙江大学，2012。

张均：《中国当代文学制度研究（1949~1976）》，北京大学出版社，2011。

张旭春：《政治的审美化与审美的政治化》，人民出版社，2004。

赵树理、刘白羽等：《作家谈创作经验》，中国青年出版社，1959。

赵树理：《赵树理全集》第 2~6 卷，大众文艺出版社，2007。

郑树森、黄继持、卢玮銮编《国共内战时期香港文学资料选（一九四五——一九四九年）》，香港，天地图书公司，1999。

郑树森：《纵目传声：郑树森自选集》，香港，天地图书，2004。

中共中央文献研究室编《建国以来重要文献选编》第一册，中央文献出版社，1992。

中央革命博物馆筹备处：《美帝蒋匪重庆集中营罪行实录》，大众书店，1950。

中华全国文学艺术工作者代表大会宣传处：《中华全国文学艺术工作者代表大会纪念文集》，新华书店，1950。

周而复：《往事回忆录之三 朝真暮伪何人辨》，中国工人出版社，2004。

朱光潜：《文艺心理学》，开明书店，1936。

（二）中文报刊文献与论文

巴金：《作家的勇气和责任心——在上海市文学艺术工作者第二次代表大会上的发言》，《上海文学》第 32 期，1962。

白桦：《一个无铃的马帮》，《人民文学》1954 年第 11 期。

白原：《看〈腐蚀〉》，《人民日报》1951 年 1 月 20 日，第 3 版。

毕灵：《前因后果说文社》，《中国学生周报》1965 年 7 月 23 日第 679 期，第 8、9 版。

卞之琳：《关于〈天安门四重奏〉的检讨》，《文艺报》第 3 卷第 12 期，1951。

卞之琳：《天安门四重奏》，《新观察》第 2 卷第 1 期，1951。

《不爱工人文艺的宣传干部》，《新民报晚刊》1954 年 12 月 21 日，第 3 版。

草明：《写〈原动力〉经过》，《人民文学》第 2 卷第 6 期，1950。

陈淼整理《几个创作思想问题的讨论——记全国文协组织第二批深入生活作家的学习》，《人民文学》1953 年 1 月号（第 39 期）。

参考文献

陈荒煤：《向赵树理方向迈进》，《人民日报》1947年8月10日，第2版。

陈建忠：《"美新处"（USIS）与台湾文学史重写：以美援文艺体制下的台、港杂志出版为考察中心》，《国文学报》2012年第52期。

陈骏涛、杨世伟、王信：《关于〈二月〉的再评价》，《文学评论》1978年第6期。

陈丽芬、卢因：《历史与见证；我是这样走过来的——与推动发扬加华文学的推手谈文说艺暨心路历程》，《香港文学》总第321期（2011年9月）。

陈徒手：《午门城下的沈从文》，《读书》1998年第10期。

《重庆市各界悲愤集会 追悼杨虎城暨死难烈士 坚决向蒋美匪帮讨还血债》，《人民日报》1950年1月19日，第1版。

崔峰：《别样绽放的"恶之花"："双百"时期〈译文〉的现代派文学译介》，《东方翻译》2015年第2期。

大春：《〈腐蚀〉座谈》，《文汇报》副刊1950年12月23日，第2版。

丹尼：《我所了解的赵惠明》，《大众电影》1950年第13期。

邓又平：《简析"中美合作所集中营"》，《美国研究》1988年第3期。

荻士：《〈腐蚀〉在沈阳创新纪录》，《亦报》1951年2月16日，第4版。

丁玲：《跨到新的时代来——谈知识分子的旧兴趣与工农兵文艺》，《文艺报》第2卷第11期，1950。

段美乔：《论40年代的李瑛》，《中国现代文学研究丛刊》2008年第4期。

凤子：《评〈腐蚀〉》，《北京文艺》第2卷第1期，1951。

《〈腐蚀〉上银幕，茅盾指定佐临导演》，《大报》1949年9月1日，第4版。

《腐蚀》广告，《大众电影》1950年第13期。

傅葆石：《在香港建构"中国"：邵氏电影的大中华视野》，刘辉译，《当代电影》，2006年第4期。

《各地报刊继续讨论影片〈早春二月〉》,《人民日报》1964 年 11 月 8 日,第 7 版。谷程:《险些我和赵惠明一样被腐蚀》,《新电影》第 1 卷第 3 期,1951。

何其芳:《小说〈二月〉和电影〈早春二月〉的评价问题》,《人民日报》1964 年 11 月 8 日,第 6 版。

何蜀:《刘德彬:被时代推上文学岗位的作家(上)》,《社会科学论坛》2004 年第 2 期。

何杏枫、张咏梅访问,邓依韵整理《访问昆南先生》,《文学世纪》第 4 卷第 1 期总第 34 期(2004 年 1 月)。

贺桂梅:《问题意识和历史视野》,《南方文坛》2004 年第 4 期。

洪子诚:《新诗史中的"两岸"》,《文艺争鸣》2015 年第 1 期。

黄裳:《关于〈腐蚀〉》,《文汇报》副刊 1950 年 12 月 21 日,第 2 版。

嘉木:《评茅盾底〈腐蚀〉兼论其创作道路》,《蚂蚁小集》1948 年第 5 期。

江华:《要努力驱逐使人糊涂的词汇》,《文艺报》第 1 卷第 7 期,1949。

蒋南翔:《关于抢救运动的意见书(1945 年 3 月)》,《中共党史研究》1988 年第 4 期。

景文师:《〈早春二月〉要把人们引到哪儿去?》,《人民日报》1964 年 9 月 15 日,第 6 版。

李瑯:《赵惠明这个人物同情她还是仇视她?》,《大众电影》1951 年第 25 期。

李赐:《不要把诗变成难懂的谜语》,《文艺报》第 3 卷第 8 期,1951。

李俍民:《奇特的删节法——对"牛虻"删节本的意见之一》,《文汇报》1957 年 3 月 27 日,第 3 版。

李俍民:《阿尔卑斯山的夕照——对"牛虻"删节本的意见之二》,《文汇报》1957 年 6 月 12 日,第 3 版。

李希凡:《对资产阶级人道主义的美化——再评〈早春二月〉中的萧涧秋形象》,《人民日报》1964 年 10 月 29 日,第 6 版。

参考文献

梁秉钧：《电影空间的政治——两出 50 年代香港电影中的理想空间》，《政大中文学报》2008 年第 9 期。

林植：《对〈腐蚀〉一两点意见》，《文汇报》副刊 1950 年 12 月 21 日，第 2 版。

凌宇：《沈从文创作的思想价值论——写在沈从文百年诞辰之际》，《文学评论》2002 年第 6 期。

刘白羽：《表现新的时代新的人物》（下），《文汇报》1952 年 5 月 26 日，第 7 版。

卢玮銮：《侣伦早期小说初探》，《八方文艺丛刊》1988 年第 9 专辑。

卢玮銮：《香港文学研究的几个问题》，《香港文学》总第 48 期（1988 年 12 月）。

路夫：《座谈〈腐蚀〉》，《大众电影》1950 年第 13 期。

罗谬：《后记》，《大拇指》（1976 年 10 月 8 日）第 6~7 版。

马加：《我学习群众语言的一点经验》，《文艺报》1950 年第 2 卷第 7 期，1950。

茅盾：《腐蚀》，《大众生活》1941 年第 1~16 期。

梅令宜：《看〈腐蚀〉》，《新电影》第 1 卷第 2 期，1951。

旻乐：《汉语的欧化》，《北京文学》1997 年第 12 期。

木君：《书评：〈腐蚀〉》，《新旗》1946 年第 3 期。

蓬草、卢玮銮：《"与蓬草对话"对谈抄本》，《香港文学》总第 311 期（2010 年 11 月）。

浦一冰：《毒草怎能吐芬芳——从〈早春二月〉的主要人物看影片的思想倾向》，《复旦大学学报（哲学社会科学）》1964 年第 2 期。

齐桐：《文华建立民主管理制片彻底改进方针》，《文汇报》1950 年 11 月 5 日，第 6 版。

钱天起：《有关人道主义的几个问题——在〈早春二月〉讨论中所想起的》，《开封师院学报》1964 年第 2 期。

任杰：《〈早春二月〉的摄影倾向》，《电影艺术》1964 年第 4 期。

〔日〕浅井加叶子著，王国勋、刘岳兵译，《1949-1966 年中国成人扫

〔日〕是永骏：《论〈虹〉——试探茅盾作品的"非写实"因素》，《中国现代文学研究丛刊》1996年第3期。

桑桐：《裹着糖衣的毒药——〈早春二月〉批判》，《电影艺术》1964年第4期。

沈舒：《遗忘与记忆——向明谈覃子豪、丁平与〈华侨文艺〉》，《声韵诗刊》2014年第19期。

石邦书：《〈腐蚀〉的"排后拍"制》，《大众电影》1950年第13期，第16页。

施蛰存：《关于文学语言的几个问题——中文系文学专题报告的讲稿（节录）》，《华东师范大学校刊》1953年12月16日，第4版；1953年12月30日，第3版。

谭文新：《如何看待〈早春二月〉的艺术性》，《人民日报》1964年12月6日，第5版。

汪流：《革命，还是倒退？——评影片〈早春二月〉的改编》，《人民日报》1964年9月17日，第6版。

王德威：《"有情"的历史——抒情传统与中国文学现代性》，《中国文哲研究集刊》2008年第33期。

王奇生：《北伐时期的地缘、法律与革命——"反革命罪"在中国的缘起》，《近代史研究》2010年第1期。

王容：《上海观众为进步电影而欢呼》，《人民日报》1951年3月19日，第3版。

王无邪、梁秉钧：《"在画家之中，我觉得自己是个文人"——王无邪访谈录》，《香港文学》总第311期（2010年11月）。

《文华新片加紧工作 腐蚀售座创新记录》，《亦报》1950年12月28日，第4版。

文外生：《读诗人卞之琳的五首近作》，《人民文学》1954年6月号（第56期）。

文向东：《歌颂了什么样的"反抗"——试评〈早春二月〉中陶岚的

形象》,《人民日报》1964年9月19日,第5版。

吴淑凤:《军统局对美国战略局的认识与合作开展》,《国史馆馆刊》2012年第33期,第147~174页。

晓端:《关于电影〈腐蚀〉》,《东北文艺》第3卷第3期,1951。

谢铁骊:《二月(电影文学剧本)》,《电影创作》1962年第3期。

谢铁骊:《往事难忘怀——忆夏公与〈早春二月〉》,《电影艺术》1999年第4期。

新华社:《中国人民电影事业一年来的光辉成就》,《人民日报》1951年1月3日,第3版。

新仁:《取消"老戏师傅"称号》,《大报》1951年10月14日。

徐迟:《抒情的放逐》,《顶点》第1卷第1期,1939。

徐风:《警惕!〈腐蚀〉观后》,《文汇报》副刊1950年12月21日,第2版。

徐勇:《语词的意识形态及其表征——从命名"反特片"到"谍战片"的转变看社会时代的变迁》,《北京电影学院学报》2011年第4期。

严寄洲:《〈英雄虎胆〉:一次苦涩的创作》,《大众电影》2006年第9期。

燕平:《上海作协"49天会议"的来龙去脉》,《扬子江评论》2010年第3期。

杨际光:《香港忆旧:灵魂的工程师》,《香港文学》总第167期(1998年11月)。

杨奎松:《新中国巩固城市政权的最初尝试——以上海"镇反"运动为中心的历史考察》,《华东师范大学学报》(哲学社会科学版)2004年第5期。

杨宗翰:《〈文学杂志〉与台湾现代诗史》,《台湾文学学报》2001年第2期。

于继增:《艰难的抉择——沈从文退出文坛的前前后后》,《书屋》2005年第8期。

于洋、沙丹:《有人情味的剿匪片》,《大众电影》2006年第9期。

臧克家：《为什么"开端就是顶点"》，《人民文学》第 2 卷第 5 期，1950。

张卫中：《20 世纪初汉语的欧化与文学的变革》，《文艺争鸣》2004 年第 3 期。

郑树森：《遗忘的历史，历史的遗忘——五、六十年代的香港文学》，《素叶文学》第 61 期，1996。

郑树森：《香港在海峡两岸间的文化角色》，《素叶文学》第 64 期（副刊第 39 号），1998。

《中华人民共和国惩治反革命条例（一九五一年二月二十日中央人民政府委员会第十一次会议批准）》，《人民日报》1951 年 2 月 22 日，第 1 版。

仲光：《〈腐蚀〉在穗卖座创纪录》，《亦报》1951 年 3 月 15 日，第 4 版。

三　英文著作与论文

Barnhisel, Greg, and Turner, Catherine, eds. *Pressing the Fight：Print, Propaganda, and the Cold War*. Amherst and Boston：University of Massachusetts Press, 2010.

Chen, Tina Mai. "International Film Circuits and Global Imaginaries in the People's Republic of China, 1949–57." *Journal of Chinese Cinemas* 3.2 (2009)：149–161.

Chiang, Min-Hua. "The U.S. Aid and Taiwan's Post-War Economic Development, 1951–1965." *African and Asian Studies* 13.1–2 (2014)：100–120.

Cull, Nicholas J. *The Cold War and the United States Information Agency：American Propaganda and Public Diplomacy, 1945–1989*. New York：Cambridge University Press, 2008.

Denning, Michael. *Cover Stories：Narrative and Ideology in the British Spy Thriller*. London：Routledge and Kegan Paul, 1987.

Hixson, Walter L. *Parting the Curtain: Propaganda, Culture, and the Cold War, 1945 – 1961*. New York: Palgrave Macmillan, 1997.

Lee, Haiyan. *Revolution of the Heart: A Genealogy of Love in China, 1900 – 1950*. Stanford: Stanford University Press, 2007.

Liu, Hong. "The Historicity of China's Soft Power: The PRC and the Cultural Politics of Indonesia, 1945 – 1965." In Zheng, Yangwen and Liu, Hong and Szonyi, Michael eds. *The Cold War in Asia: The Battle for Hearts and Minds*. Leiden; Boston: Brill, 2010, pp. 147 – 182.

Mark, Chi – Kwan. *Hong Kong and the Cold War: Anglo – American Relations 1949 – 1957*. Oxford: Oxford University Press, 2004.

Mulvey, Laura. "Visual Pleasure and Narrative Cinema." In Rosen, Philip ed. *Narrative, Apparatus, Ideology: A Film Theory Reader*. New York: Columbia University Press, 1986, pp. 198 – 209.

Shen, Yu. "SACO Re – Examined: Sino – American Intelligence Cooperation during World War II." *Intelligence and National Security* 16.4 (2001): 149 – 174.

Sinn, Elizabeth. "Hong Kong as an In – Between Place in the Chinese Diaspora, 1849 – 1939." In *Critical Readings on the Modern History of Hong Kong* (Vol. 4). Leiden; Boston: Brill, 2015, pp. 1443 – 1464.

Tucker, Nancy Bernkopf. *Taiwan, Hong Kong, and the United States, 1945 – 1992: Uncertain Friendships*. New York: Twayne Publisher, 1994.

Volland, Nicolai. "Translating the Socialist State: Cultural Exchange, National Identity, and the Socialist World in the Early PRC." *Twentieth – Century China* 33.2 (2008): 51 – 72.

——. "Soviet Spaceships in Socialist China: Reading Soviet Popular Literature in the 1950s." *Modern China Studies* 22.1 (2015): 191 – 213.

——. *Socialist Cosmopolitanism: The Chinese Literary Universe, 1945 – 1965*. New York: Columbia University Press, 2017.

Wakeman, Frederic. *Spymaster: Dai Li and the Chinese Secret*

Service. Berkeley: University of California Press, 2003.

Wang, David Der-wei. "Reinventing National History: Communist and Anti-Communist Fiction of the Mid-Twentieth Century." In Chi, Pang-Yuan and Wang, David Der-wei eds. *Chinese Literature in the Second Half of a Modern Century: A Critical Survey.* Bloomington: Indiana University Press, 2000, pp. 39–64.

Wang, Xiaojue. *Modernity with a Cold War Face: Reimagining the Nation in Chinese Literature across the 1949 Divide.* Cambridge, Massachusetts: Harvard University Asia Center, 2013.

Wu, Ellen D. "'America's Chinese': Anti-Communism, Citizenship, and Cultural Diplomacy During the Cold War." *Pacific Historical Review* 77.3 (2008): 391–422.

Xia, Yafeng. *Negotiating with the Enemy: U.S.-China Talks during the Cold War, 1949–1972.* Bloomington: Indiana University Press, 2006.

Zheng, Yangwen and Liu, Hong and Szonyi, Michael eds. *The Cold War in Asia: The Battle for Hearts and Minds.* Leiden; Boston: Brill, 2010.

索 引

C

"49天会议"　111

"抽象的抒情"　24，28，35，43

"新启蒙运动"　15，20，21

F

反美主义　57，72，80，84

反特片　49-51，58，61，80-82，84，85，88，89，151

风景　1，16，24-31，34-38，151

H

黄佐临　50，56，57，63，72，79，80

J

惊险小说　86

救赎情结　80

K

柯灵　50，53，56，57，63，72，79，80

L

冷战文化　49，51，80，89，112，138，141，142，145，149，150，152

M

茅盾　16-18，29，30，50，57，58，60，62，63，72，80，109

美援文化　146-149

N

南方影业有限公司　145

南来文人　147

S

沈从文　23-26，28-31，34-36，38，43-48，151

Y

有情与事功　43

欲望表征　63

Z

赵树理　1-6，8-16，20-22，30

后 记

感谢我写作过程中给过我帮助的诸位师友——赵园教授（中国社会科学院）、赵京华教授（北京第二外国语学院）、王爱松教授（南京大学）、刘艳编审（首都师范大学学报编辑部）、华东师范大学中文系的诸多同事。还要感谢华东师范大学中文系与中央高校基本科研业务费项目（编号41300-20101-222474）的出版资助。本书第三章英文版首发于 *Modern Chinese Literature and Culture* 29.2（2017），谨此致谢。收入本书时，内容上做了修订与扩充。

最后，特别感谢吾师赵园。与赵园老师相遇，让我心存感激。自追随她读博士生起，已十五年矣。学术之途，道阻且长。路上的种种困扰和烦忧，一直都只向她倾诉。像个永远不想毕业的老学生，赖着她。每每惭愧自己才疏学浅，不能如其所望。赵园老师研究明清之际士人，曾感言"被光明俊伟的人物吸引，是美好的事"。对于我而言，她就是那份美好。

图书在版编目（CIP）数据

文学·影像·空间：当代文艺风景管窥/杜英著. -- 北京：社会科学文献出版社，2020.8
 ISBN 978 - 7 - 5201 - 7225 - 7

Ⅰ.①文… Ⅱ.①杜… Ⅲ.①文艺理论 - 中国 - 当代 Ⅳ.①I206.7

中国版本图书馆CIP数据核字（2020）第164155号

文学·影像·空间：当代文艺风景管窥

著　　者 / 杜　英

出 版 人 / 谢寿光
责任编辑 / 吴　超

出　　版 / 社会科学文献出版社·人文分社（010）59367215
　　　　　 地址：北京市北三环中路甲29号院华龙大厦　邮编：100029
　　　　　 网址：www.ssap.com.cn
发　　行 / 市场营销中心（010）59367081　59367083
印　　装 / 三河市尚艺印装有限公司

规　　格 / 开　本：787mm × 1092mm　1/16
　　　　　 印　张：11　字　数：169千字
版　　次 / 2020年8月第1版　2020年8月第1次印刷
书　　号 / ISBN 978 - 7 - 5201 - 7225 - 7
定　　价 / 99.00元

本书如有印装质量问题，请与读者服务中心（010 - 59367028）联系

▲ 版权所有 翻印必究